「思い切り乱れて、本当のあんたの姿を見せつけてやれ」
　千陽はグッと腰を押しつけてきた。
「あぅっ……」

残酷な逢瀬

いおかいつき

Itsuki Ioka

ILLUSTRATION
佐々木久美子
Kumiko Sasaki

ARLES NOVELS

この物語はフィクションであり、実在の人物・団体・事件等とは、いっさい関係ありません。

Contents

残酷な逢瀬

1

時間の無駄だとばかりに、大場真人《おおばまこと》は早足で社内の廊下を歩いていく。後ろに従う部下の野山《のやま》が息を切らしているのもお構いなしだ。

真人は社内ではいつも早足だった。仕事中にのんびりしている時間などない。歩くスピードだけではなく、それ以外の場面でも真人は常に急いでいた。同じようにしろと他人に対して強要はしないが、ついて来られない人間は置いていく。それが真人の仕事に対するスタンスだった。そうして、真人は弱冠《じゃっかん》三十二歳にして企画営業部の部長へと昇進したのだ。

「部長、そちらは……」

野山が荒い息で声をかけてくる。真人よりも五歳年上なせいか、それとも真人と違って小太りの体型のせいか、野山はかなり疲れているようだった。

「こっちのほうが近道だ」

真人は冷たく答え、スピードを緩《ゆる》めない。

真人の働く山藤《やまふじ》商事は、八階建ての自社ビルを持つ総合商社だ。各フロアにある給湯室が廊下の一番奥になるが、さらにその奥に非常階段がある。真人が今いるのは七階でこれから向かおうとしているのは八階。反対方向にあるエレベーターを使うよりも、この非常階段のほうが早く八階に到着できると、真人は階段へと急いでいた。

「……そうなのよ、いくら顔がよくたってね」

角を曲がった途端、女性の声が聞こえてきた。どうやらその声は給湯室から漏《も》れているようだ。

真人は聞き耳を立てるつもりなどなかったが、よほど興《きょう》に乗ってきたのか、十メートル以上離れた場所にいても、充分会話の内容が聞き取れる大きさの声で、嫌でも耳に入ってくる。

「奥様も失敗したって思ってるんじゃない？」

「あたしなら一週間でも無理」

答えた声に笑いが被《かぶ》さる。最低でも三人以上の人間が給湯室にいて、噂話に興じているらしい。声は全て女性のものだった
真人は眉間に皺《しわ》を寄せ、表情を険《けわ》しくした。これが昼休みなら噂話でもなんでも、彼女たちの好きにすればいい。だが、今は勤務時間中で、この無駄話をしている時間にも、彼女たちには給与が支払われているのだ。

「家でもあのまんまなんでしょ？」

「そりゃそうじゃない。披露宴でだって笑顔一つ見せなかったんだって」

「うわ、最悪」

また笑い声だ。ここまで聞けばもう誰の噂話なのか、真人には察《さっ》しが付いた。陰口を叩《たた》くのなら、せめてその相手の行動パターンぐらい知っておくべきだ。本人の耳に入る可能性を考えない愚かさが、なおさら真人を不機嫌にさせた。

女子社員たちはまだ真人が近づいていることに気づかず、話を続ける。

「でも、社長もひどいことするわよねえ」

「そう？　優衣《ゆい》さんも似たようなものでしょ」

具体的な名前がついに明らかになる。それに対して引きつったように息を呑んだのは、ようやく追いついた野山だった。

優衣はこの会社の社長令嬢であり、真人の妻でもある。結婚したのは二年前、社長からどうしても娘と結婚してほしいと頼み込まれたのだ。その辺《あた》りの事情がおもしろおかしく噂話になっていることは、真人も知っていた。

やはり真人が思ったとおり、噂になっていたのは真人自身だった。学生時代からいいのは外見だけだとよく言われていた。今さら傷ついたりショックを受けることもない。

百七十四センチの身長に五十五キロしかない体は、かなりの細身だ。邪魔にならないよう前髪を後ろに流した短めの黒髪は、サラサラとして歩くたびに揺れ、重さを感じさせない。その髪に縁取られた顔は、冷たい印象を与えるほどに整いすぎている。大きすぎない涼しげな目元は少し吊り上がり、さらに表情を硬く見せる。それに通った鼻筋の下の唇は、いつもきつく引き結ばれ、優しさ、柔らかさを感じさせなかった。

「部長は出世にしか興味がないのよ。優衣さんのことだって、籍さえ入れればそれでいいと思ってるんじゃない？」

この声にははっきりと聞き覚えがある。真人と同じ企画営業部の女子社員だ。彼女なら悪意を持って噂をしてもおかしくない。

実は先日叱責したばかりだった。入社して五年にもなるのにいまだに要領が悪く、お茶くみやコピー取りぐらいにしか使えない。本人に覚えようという意欲がないのだ。大事な電話を伝え忘れていたことをきっかけに、毎朝、髪型や化粧を完璧にする時間があるのなら、もう少し仕事を覚えろと皆のいる前で厳しく叱った。さらに仕事ができないのは仕方ないと諦めるが、せめて邪魔だけはするなとも言った。情け容赦ない言葉だが、ここは学校ではない。できない人間を雇うなど無駄でしかない。

そのとき彼女がどんな表情をしていたのか、さっぱり覚えていないが、よほど恨んでいるのだろう。彼女の声や言葉には悪意が満ちていた。

仕事で見返すことができないから、噂話で。呆《あき》れてものも言えない。

「あ、あの部長、ちょっと課に戻って……」

野山が取りなすように言った。真人のためではなく、野山にとっても部下にあたる女子社員のためにだ。聞こえてしまったものは取り返しがつかないが、今ならまだ噂話の張本人たちの姿を真人が確認しなくても済む。

「必要ない」

真人は短く言い捨てた。真人にとっては噂話などどうでもいいことで、気まずい思いをするのは職務中に噂話をしていた彼女たちだ。

真人が意に介さず歩みを進めると、給湯室はもう目前になった。

「大場部長って何を考えてるのか、全くわかんないのよね。無表情で」

その言葉の直後、真人は給湯室の前を通り過ぎた。

一瞬にしてその場が静まり返る。真人の姿を認めた女子社員たちは血の気を失い、真っ青な顔で唇を震わせている。

真人はようやく足を止めた。

「今は勤務時間内のはずですが」

「お、お茶を……」

口ごもりながらも女子社員は言い訳を口にする。

「せめてお茶ぐらい、人並みに手際よく淹《い》れてほしいものですね」

真人はもう顔も見ずにその場から歩き去る。

仕事をする意欲のない社員に何度も説教をするほど暇ではない。今日のこともまた噂になるのだろうが、関係のないことだ。

真人は終始《しゅうし》表情を変えなかった。自分の噂をされていても、その相手と対面しても、いつもの冷たい表情を崩さない。

大場真人は笑ったことがないというのも、社内では噂になっていた。実際、真人にしても笑った記憶がない。けれどそれは勤務中に限ったことではなかった。私生活でも笑顔になった覚えがないのだ。

真人の生活は仕事を中心に回っている。朝は六時に起き、八時までには出勤し、夜はほぼ毎日九時過ぎまで会社にいる。食事は全て外食だ。真人にとっては食事すら仕事の付き合いで済ませるものになっていた。そうでなければ一日二日、食事をしなくても平気だった。

今日もまた自宅に戻ったのは午後十時近かった。

丸《まる》の内《うち》にある会社まで三十分しかかからないという立地条件のよさ、さらには二年前に入居時には新築だったこのマンションは、妻の父親が娘に結婚祝いとして買い与えたものだ。いくら異例の出世をしているとはいえ、真人にそこまでの稼ぎはない。

玄関の鍵を自分で開けた。この二年間、誰かにこのドアを開けてもらったことはない。中に入ると玄関に妻の優衣の靴はなかった。どうやらまだ帰っていないようだが、珍しいことではない。だから真人もインターホンなど押さないのだ。

結婚して以来、ずっとこんな生活を続けている。すれ違いの生活にもすっかり慣れてしまった。もとより愛情があって結婚したわけではないのだから、当然の結果だ。

優衣と顔を合わせるのは、多くて一週間に一度、ひどいときには一カ月近く顔を見ないことがあった。前回、優衣を見たのはちょうど一週間前だ。共通の話題もなく、互いに興味もなければ話すことなど何もない。ほんの数分間、気まずい思いをして過ごしただけだった。そうなるのがわかっているから、真人は極力顔を合わせないように、ほとんどの時間を会社で過ごす。優衣もまた真人の寝起きしている時間に自宅にいないことが多かった。

3LDKのマンションにはそれぞれの個室がある。真人も優衣もそこにベッドを置いていた。互いの部屋には入らないという暗黙の了解もあり、仮に優衣が自宅にいても、気配を感じれば外には出ない。だから顔を合わせずに生活できるのだ。

真人は先にシャワーを済ませ、パジャマに着替えてから自室へと籠《こ》もった。

一人になった部屋で真人は大きく息を吐く。いつからか、人の気配がする場所では落ち着けないようになっていた。少しでも人の目があると、表情が強ばる。だからその反動で、一人になると途端に張り詰めた空気が解け、何もする気がなくなる。

部屋を薄暗くして、テレビをつけると洋画のDVDをセットした。もっとも内容は目にも耳にも入ってこない。他の音を消すためにつけているに過ぎないから、持っているDVDはこれ一枚きりだ。

リモコンでタイマーをセットし、ベッドに入る。まだ十一時になったばかりだが、毎日規則正しい生活をしているため、寝付くのも早い。いつもDVDが切れる前には夢の中だった。今日もまたそうだった。

どれくらい時間が経ったのか、すっかり熟睡していた真人を目覚めさせたのは、腰に重みを感じたからだ。

体の上に誰かいる。

真人は目を開ける前に状況を判断しようと頭を働かせた。霊の存在など信じていないから、人間以外にはありえない。優衣でないのは重みでわかる。優衣は小柄で細身の女性だ。明らかにそれ以上に重く、膝の動きを完全に封じられている。それに優衣なら女性用の香水の匂いがするはずだが、それもなかった。男性用の香水が混じり、男特有の匂いがする。決して鼻につくようなものではないが、目を閉じているため、いつも以上に敏感になっていた。

男は真人に跨《また》がったまま、何もしない。強盗だとしたら、この行動は意味不明だ。

自宅には現金を置いていない。せいぜいが財布に入っている程度の額だ。真人は物に執着も拘《こだわ》りもないから、高価なものなど何もない。それに比べ、優衣の持ち物には貴金属や高級ブランド品が多数ある。強盗ならそれらを奪い、何も寝ている真人を起こすような真似をしなくてもいいはずだ。

男は真人の両手首を摑《つか》んだ。

もう眠ったふりはしていられない。真人は男を逆上させないよう、静かに目を開けた。

真っ先に視界に飛び込んできたのは、自分に跨る見覚えのない男の姿だ。消したはずの照明は明々と室内を照らし、男の顔をはっきりと見せてくれている。男は何一つ顔を隠すものをつけていなかった。

真人とは対照的な派手な顔立ちだった。目鼻立ちがはっきりとしていて、かといって濃すぎるわけでもない。明るい茶髪は肩につくくらいに長く、耳にはピアスも見える。

服装もとても強盗には見えない。ダークブラウンのスーツに大きく首の開いたシャツは、絶対に真人が着ない派手さがあった。

男と真人の視線が絡《から》み合う。

まだどちらも言葉を発しない。真人は恐怖で声が出ないのではなく、相手の出方を窺《うかが》っていただけだが、男は何を考えているのだろう。

真人の訝《いぶか》る視線に、男はフッと笑った。

「驚かないのか？」

他人の家に押し入っていながら、男は焦《あせ》った様子もなく、平然と問いかけてくる。

「誰だ？」

真人は低い声で冷静に問い返した。男が強盗なら逆上させてはいけない。

「その前に」

男は摑んでいた真人の両手を頭上へと引き上げた。そして左手だけでシーツに押さえつけると、銀色に光る手錠《てじょう》を見せつける。

「安心しろよ。おもちゃだから」

男はそう言って、真人の両手をその手錠で拘束した。寝込みを襲われた真人には反抗する手だてはなかった。

「さてと俺が誰だって話だったな」

真人の動きを封じたことで、男はさらに余裕を持った態度になる。

「本当に俺のことを知らないのか？」

問われて真人はああと頷《うなず》く。記憶力には自信がある。それにこんなに印象的な男なら出会っていれば忘れないはずだ。

「確かにあんたとは初対面だが、あんたのほうが一方的に知っていることもあるかと思ったんだけどな」

男は理解不能なことを言い出した。真人が知らないだけで、自分が有名人だとでも言うつもりなのだろうか。テレビはニュース以外見ないから、世情《せじょう》に疎《うと》い自覚はある。その可能性はゼロではなかった。

「俺はあんたの奥さんと親密な仲だ」

笑いながら伝えられた事実は、真人を驚かせはしなかった。

優衣が浮気しているのは知っていた。帰りが遅いのも泊まりがけで出かけているのも、そういうことだろうと思っていた。

だが、確認したことも咎《とが》めたこともない。真人には優衣を満足させてやれないのだから、仕方のないことだと割り切っていた。

「なるほどな。それで俺が興信所《こうしんじょ》でも使って、君のことを調べているかとでも思ったというわけか」

　真人は無表情で推理した結果を口にする。

「頭いいな、あんた」

　妻の浮気相手だと告白しながら、男に悪びれたところはない。

「感想は？」

　男は意外なことを問いかけてくる。浮気相手と対面したからといって、何も特別思うところはない。問題なのはこの状況だ。

　両手を縛られ、初対面の男に馬乗りされている。危害を加えるつもりなら、こんな面倒なことをしなくても寝ている間にすればいいことだが、まだ何をされるかわからない状況では下手に逆らえない。

「こういう男が趣味なのかと思ったくらいだ」

　真人の答えは男を喜ばせた。クッと喉を鳴らして笑い出す。

「聞いてたのと違うな。おもしろいじゃねえか」

　どうやら優衣は真人のことをいろいろとこの男に話していたようだ。よくない噂をされるのは慣れているが、自分の妻までが浮気相手に話しているとは思わなかった。

「そろそろ何が目的なのか教えてくれないか？」

真人は男を怒らせないよう、穏便《おんびん》な口調で尋ねる。

「焦るなよ。まだまだ時間はあるんだ。まずは自己紹介といこう」

男は体を退《ど》けようとはしない。

「俺は新宿でホストをしている羽鳥千陽《はどりちあき》ってもんだ」

「それで？」

ここまで押し入ってきているのだから、真人の名前ぐらいは知っているだろうと、真人は名乗らずに先を促した。

「俺がここにいるのは当然、あんたの奥さんの手引きがあったからだってのはわかるな？」

確認を求められ、真人は頷いた。

このマンションはエントランスがオートロックになっているし、それに部屋の鍵は真人がかけたのだ。優衣が引き入れたとしか考えられない。

「なんで奥さんがそんなことをしたかっていうと、俺にあんたが不能かどうか確かめてほしいんだそうだ」

「なんだと？」

予想もしない言葉に真人は唖然《あぜん》とする。

「結婚して二年、あんた、一度も抱こうとしないんだって？」

「そんなことを君に話したのか？」

真人は驚きを隠せなかった。

優衣は社長令嬢として何不自由なく甘やかされて育った。そのためにプライドも人一倍高い。まさかそんなことを話すとは思わなかった。

優衣が話したことは事実だ。そもそも社長から是非娘と結婚してくれと頼まれたのは、優衣が火遊びのしすぎで父親が誰かわからない子供を身ごもったからだった。しかも優衣は中絶はしないと言い張った。未婚の娘が出産をしては体裁《ていさい》が悪いと、社長は社内で有望な社員を捕まえ、妊娠しているのを承知で結婚させようとした。それが真人だった。

真人は入社以来、抜群の業績を上げていた。仕事熱心なのは周囲も認めるところで、社長は将来の出世と交換条件のように結婚を申し出た。

そうして結婚したのが二年前だ。けれど、社長の働きもむなしく、結婚してすぐに優衣は流産してしまった。それまでの不摂生《ふせっせい》な生活が祟《たた》ったのだ。そうなれば結婚の意味はなくなる。完全な形だけの夫婦生活になった。

「いろんなことを話したぜ、寝物語にな」

はっきりと優衣と関係を持ったと言われても、真人には何の感情も湧《わ》かなかった。むしろ、当然だと思うだけだ。

二人の間に愛情は一切ない。一緒に住めばそれなりに湧いてくるかと思ったが、そうなる前に流産だ。冷えた家庭をどちらも顧みることなく、優衣の遊び癖は治ることはなかった。ホストクラブも結婚前から通っていたらしいから、復活しただけだ。

「女房に指一本触れない。浮気してるってわかってんのに平然としている。そりゃ、旦那がゲイじゃないかって疑っても当然だろ」

「馬鹿馬鹿しい」

真人は顔を歪《ゆが》めて吐き捨てた。

疑いを持つのは勝手だが、人の手を使って確かめさせようとするのが馬鹿げている。

「ま、もっともな意見だな」

千陽も同意する。けれど馬乗りになった体勢は変わらない。

「それで君は言われるまま確かめに来たのか？　俺がそうじゃないと答えればいいのか？」

真人が不機嫌さを隠しもせずに尋ねると、千陽は声を上げて笑い出した。

「それこそ馬鹿馬鹿しいだろ。あんたの言葉だけで奥さんが信じると思うか？」

そう言うと、ようやく真人の上から降りた。

「やっぱり一番正直なのは体だろ」

千陽が真人のパジャマのズボンに手をかけた。

「何を……するつもりだ？」

まさかという思いが喉を引きつらせ、声が絡《から》んだ。

「今、あんたが想像したとおりのことだ。まずは不能かどうか確認な」

千陽は下着ごとズボンを引き抜く。

「三十二だっけ？　綺麗《きれい》な足をしてるじゃないか」

剝《む》き出しになった足を千陽がまじまじと見つめ、感心したように言った。

「冗談はやめろ」

ここまでされてもまだ千陽が本気で真人に何かしようとしているとは信じがたかった。千陽の目は笑っていて、真剣さが感じられないのだ。

「冗談かどうかは……」

千陽がパジャマの裾を捲《めく》り上げた。

人に見せることなどもうずっとなかった場所が、千陽の視線に晒《さら》される。

「こっちも綺麗な形してんじゃん」

千陽が指先で中心を弾いた。

「なっ……」

真人は言葉を失う。

自分ですらほとんど触らないし、人に触られたことなど、十年以上ぶりになる。思わずビクッと体を竦《すく》ませた。

「不能ってわけじゃなさそうだけど」

千陽がためらいもなく指を絡ませてきた。

久しぶりに他人から与えられる感触に、真人の中心は素直な反応を示してしまう。

確認すると言った言葉どおりに、千陽は巧みな動きで性急に追いつめてくる。

「ふ……はぁ……」

形を筒状にした手で屹立《きつりつ》を上下に擦《こす》られ、また別の手で両側の膨らみを柔らかく揉《も》み込まれ、真人の息が乱れ始める。

「もう限界っぽいな」

からかうような響きにも真人は首を横に振るだけだ。口を開けば聞かせたくないような声しか出ないとわかっていた。

久しぶりすぎて、どうやって快感を堪《こら》えればいいのか、思い出せない。初対面の男の手で射精を促される屈辱に、心は歯向かおうとするのだが、体は正直に流される。

溢《あふ》れだした先走りが千陽の手の動きをより滑らかにし、また擦る度に卑猥《ひわい》な音を奏でた。

「じゃ、一回イっときますか」

おどけた口調の後、先端に爪を立てられる。

「くっ……」

真人は堪えきれなかった声を漏らし、千陽の手を濡らした。

「これでとりあえず不能じゃなかったって報告はできるわけだ」

千陽は満足げに言った。

ホストなのに男をイカせるような真似をして、何が楽しいのだろう。真人の心は熱くなった体とは対照的に冷めていた。

「気が済んだか」

妻の浮気相手にイカされるなど、これ以上ない屈辱だが、済んでしまったことは仕方ない。真人は表情のない顔で早く追い返そうとそう言った。

「まだもう一つの確認が残ってんだろ」

千陽はそう言って、真人の腰を摑み、体を俯《うつぶ》せにした。

腰を浮かされているから拘束されたままの両手で上半身を支えるしかない。剝き出しになった下半身を千陽の視線に晒す格好だ。

「安心しろよ。俺は男としたこともあるから、傷つけたりはしない」

千陽の声には相変わらず笑いが含まれている。どこまでも本気を感じさせないのに、行為だけは進んでいく。

千陽の手が真人の肉の薄い双丘にかかった。

「やめないか」

イカされるだけですまないと、真人はここにきて初めて本気で焦った。

男同士のセックスがどういうものなのか、真人はよく知っていた。これ以上は冗談にはならな

い。

「これでやめてたら何も確認できないだろ」

千陽の指が双丘の狭間《はざま》へと滑り込んでくる。

「ひっ……」

急に予期せぬ冷たさに襲われ、悲鳴が出た。

何か滑った液体が狭間へと垂らされたのだ。千陽はそれを指の腹で広げていく。

おそらく潤滑剤《じゅんかつ》のようなものだろう。この部屋にはないものだから、千陽があらかじめ用意してきたに違いない。最初から千陽はこうするつもりだったのだ。そうとわかっていれば、馬乗りされたときに蹴り飛ばしてでも、腕を拘束されることから逃れておくべきだった。

両手は使えず、ただ尻の狭間を指が這う不快感に身を震わせることしかできない。

千陽は後孔の周囲を揉みほぐすように指で押し始めた。

真人はシーツに顔を押しつけ、声を殺した。

「どんな感じだ？」

問われても真人には答えられなかった。快感ではない。なのに、奇妙な感覚に襲われ、ともすれば妖《あや》しい声が出そうになるのだ。

返事がないことが気に入らないとばかりに、指が押し込まれた。

「うっ……」

押されたことで息が漏れる。それでも指が引き抜かれることはなく、さらに奥へと突き刺される。真人は圧迫感を息を吐いて堪える。

「へえ、すんなりと呑み込むんだな」

千陽は感心したように言い、それなら遠慮しないとばかりに指が増やされた。

「うっ……くぅ……」

さすがに二本分の容積は、いくらローションの助けを借りていても、引きつるような痛みを伴う。真人は顔を歪めるが、俯《うつむ》いているために千陽には見えない。もっとも、見えたからといって、千陽がやめてくれるとは思えなかった。

「声は苦しそうだけど、ちゃんと呑み込んでんだよな」

入れられた分だけ広がるけれど、隙間なく指を締め付ける。千陽はその感触を楽しんでいるように聞こえる。

千陽の指先が折り曲げられ、肉壁をなぞる。狭い中をますます押し広げられ、本当なら不快感と苦痛がますはずだった。

「あぁ……んっ……」

真人の口から漏れたのは甘い息だった。

中を掻き回す指がある一点に触れ、快感が一気に駆け抜けた。

「気持ちよさそうだな」

千陽が満足げに囁《ささや》く。

「違っ……はぁ……」

否定しようとしたが、千陽はそこばかりを執拗に指先で擦り始め、言葉がうまく紡《つむ》げない。それどころか、はっきりと感じていると喘《あえ》ぐことで伝えてしまう。

「どうやら、中を弄《いじく》られるの、初めてじゃなさそうだ」

千陽は確信を持って呟く。

ホストという職業柄なのか、千陽はこういった行為に慣れていて、相手の反応で見抜くこともできるのだといった態度だ。

真人は何も答えない。そんな余裕はなかった。

体の奥からじわじわと快感が全身へと広がっていく。

遠慮ない動きにもう声を殺すことができない。

「あ……はぁ……も……」

もうやめてくれという言葉は十数年ぶりにもたらされた快感に流される。代わりにせがむような喘ぎしか口からは発せられない。

「女房の睨《にら》みは正解だったってわけだ。あんた、男に抱かれたことがあるな?」

敏感な反応に千陽はそう判断を下した。その間も指は止まることはなく、真人を泣かせる。問いかけていながら答えさせてくれない。

真人はせめてもの答えの代わりに首を横に振った。

「嘘吐けよ」

千陽は真人の返事が気に入らなかったのか、指を引き抜くと、代わりに一気に太いものを突き刺してきた。

「あぁっ……」

真人は衝撃に悲鳴を上げる。

真人を犯す太くて硬い凶器は、千陽の屹立だ。

「ほら、いきなりコイツを呑み込めるんだ。経験がないわけじゃないだろ」

グッと腰を押しつけられる。

理性では拒もうとするのだが、体が覚えのあることに対して勝手に反応する。どうすれば楽に受け入れられるのかを体はまだ覚えていた。

「きついくせに柔らかい。いい体だ」

千陽はいやらしい言葉で耳をも責めてくる。

後孔を限界にまで押し広げられながら、呼吸を奪われそうな圧迫感に苛《さいな》まれていた。

「経験があるなら、もう大丈夫だろ？」

問いかけておきながら、千陽は返事を待たなかった。

「待っ……うっ……」

体が大きさに馴染む前に千陽が腰を使い始める。さらなる苦しさに悲鳴を上げるが、千陽の動きは止まらない。

真人は動きに呼吸を合わせることで、苦痛を和らげようとする。

「しばらくはしてなかったみたいだけど、最後にしたのは？」

千陽は腰を使いながら尋ねてくる。

抱かれてしまえば経験があることがばれるとはわかっていた。けれど、それに対して言葉ででも認める義務はない。

真人は唇を引き結び、返事だけでなく全ての声を漏らさないよう、シーツに顔を押しつけた。口から溢れた唾液や、生理的な苦痛で溢れた涙がシーツへ吸い込まれる。

「強情だな」

千陽が舌打ちした。

「あんたは痛みには強いみたいだから、口を割らせるならこっちか」

千陽は突き刺したまま腰の高さを変えた。千陽自身も膝立ちになったのだろう。そうすることで上から突かれる体勢に変わる。

「ああっ……」

さっき指で刺激されていた場所に屹立が押しつけられる。

「ここがいいんだろ？」

今度はそこをめがけて千陽が突き上げを再開した。

「はっ……あ……んっ……」

突かれるたびに押されるように声が出る。淫《みだ》らな喘ぎが室内に響く。

「気持ちよさそうだな」

千陽の声にも熱さが混じり始めた。体の中にあるのは熱い昂《たか》ぶりだ。千陽とて平静でいるはずがなかった。

「もう一度聞くぞ。最後に男に抱かれたのはいつなんだ？」

問いかけに真人は首を横に振るだけしか答えない。

「こんなになってて、経験がないなんて言うつもりか？」

「関係……ないっ……ん……」

「関係は持ってるけどな」

千陽が笑うと、その振動が繋《つな》がっている場所から伝わってくる。

「ま、もうどっちでもいいけど。あんたが抱かれることでこんなに喜んでるってのはわかったからな」

千陽の言葉は嘘ではない。

真人は確かに男に抱かれた経験がある。それも一度や二度ではなく、抱かれることに快感を覚えるくらい、何度となく抱かれた。

けれどそれはもう十年以上前のことだ。それなのに体は覚えていて、待ちこがれたように千陽を締め付けている。もし仰向かされれば、歓喜に濡れる顔まで見られてしまう。

「あ……あぁ……」

抜き差しを繰り返されるうちに、粘膜を擦られるだけでも快感に繋がるようになっていた。伏せていた顔は呼吸を求めて上がり、声ははっきりと溢れでる。

もうどこにも余裕や冷静さはなかった。嬌声《きょうせい》を押し殺すこともできない。それどころか、ひっきりなしに漏れている。

千陽が不意に前に手を回してきた。

「やっ……」

完全に勃起したそれは、触れられただけで大きく震える。

「後ろだけでこんなになってんのか」

からかうような響きに羞恥《しゅうち》を募らせ、それがまたさらに真人を煽《あお》る。

先走りが溢れ、シーツに染みを作っていた。屹立を手のひらで包まれ、真人は熱い息を吐く。

ようやく与えられた感触だ。

「イカせてほしいか？」

覆い被さってきた千陽が、耳元で囁く。

「イカせてくれ……、頼む……」

長引く快感が苦しすぎた。過去には後ろを突かれるだけで達したこともあるのに、あまりにも久しぶりでどうすればいいのか思い出せなかった。

千陽は苦しめるつもりはなかったようだ。すぐに後ろを突き上げながら、前に回した手も擦りあげてくれた。

「あっ……ああっ……」

ひときわ大きく喘ぎ、真人は二度目の放出を促された。

最後は崩れ落ち、意識をなくした。今はもう何も考えずに眠りたい。千陽が達したのかもどうかも知らなかった。

2

目覚ましのアラームが室内に鳴り響く。

真人は違和感を覚えながら、ベッドから手を伸ばし、まずはその耳障《ざわ》りな音を消した。

このアラームを聞くのはずいぶんと久しぶりだ。いつもなら鳴り出す前に目が覚めている。それでもセットしているのは万一のための用心で、規則正しい生活は目覚まし時計の必要性をなくしていた。

それなのに今日はアラームが鳴るまで、目が覚めなかった。しかも体が気怠《けだる》く起きあがるのを苦痛に感じる。

昨晩の出来事を思い出すのは容易だった。

体にその痕跡が残っていたからだ。

両手の拘束は外されていたが、うっすらと擦れたような跡が残っている。人に見られれば何事かと思われる。少し大きめのシャツを着て隠さなければと、目覚めたばかりだというのに、真人は冷静だった。

陵辱《りょうじょく》されることには慣れていた。だから打ちひしがれていても何も解決しないことも経験上知っていた。

汗で体はべとついているし、体の奥には違和感もある。

真人は顔を顰《しか》め、ベッドから這い出そうとして、さらに表情を険しくさせた。久しぶりに男を受け入れ、体が軋《きし》んでいる。

上半身は脱がされなかったからパジャマを身につけているが、下半身は剝き出しのままだ。立ち上がると大事な場所は裾で隠れても、もしまだ寝室の外に千陽がいれば、いや、優衣がいたりすれば、こんな格好を見せたくはない。

ベッドの下に落ちていたズボンを拾い上げ、なんとか身につける。ふらつく腰で歩き出し、ドアの前に立ち、外の様子を窺う。

物音一つしなかった。

リビングに出ても優衣の姿はない。昨日は帰ってこなかったようだ。あんなことを頼んだのだ。一緒の部屋にいるとは思えない。そこまでのことをしでかすような女だとは思いたくなかったからそう思いこもうとした。

真人は誰もいないことに、ホッと安堵《あんど》の息を漏らす。

逃げるようにバスルームへと急いだ。一刻も早く男の痕跡を洗い流したかった。

まだ六時を過ぎたばかりで、今から身支度を調えれば充分に出勤時刻に間に合う。こんな状況でも仕事を休むという選択は、真人の頭の中にはない。何があろうと仕事を休むつもりはなかった。

足を踏み出す度に、まだ奥に何か挟まっているような違和感を覚えるが、中から何かがあふれ出すような不快感はなかった。

昨夜、真人が達したところで記憶が途切れている。あれだけ猛《たけ》っていた千陽が、射精しないまで終わるはずがないと思うが、中に出されてはいないようだ。気遣ってくれたわけではないだろうが、それだけはありがたかった。自分で中を洗い流すのは、二度と味わいたくない情けなさがある。

バスルームに入り、急いでパジャマを脱ぎ捨てシャワーの下に飛び込む。いつもよりも熱めの湯にした。そのほうが痕跡が消えるような気がした。ボディシャンプーをスポンジに垂《た》らし、念入りに体を洗う。千陽の触れた場所全てを洗い流したかった。

とはいっても、千陽はほとんど体には触れていない。不能なのかゲイなのか、その確認作業だけしか目的がないのだと言いたげに、中心を嬲《なぶ》り、後孔を犯しただけだ。

真人はスポンジを中心へと移動させた。

千陽の手の感触は、まだ数時間しか経っていないだけに、はっきりと残っている。どんなふうに動き、どうやって追いつめたのか、萎えた中心は自ら動かすスポンジにさえ、その感触を求めようとしている。

真人はわざと乱暴に自身を洗い流す。ここで昨夜の記憶を頼りに自慰《じい》などしてしまえば、あの頃と同じだ。心では拒みながら、快感に流されていた頃には、もう戻りたくない。

十五年が過ぎ、すっかり忘れたつもりでいたのだ。今さら思い出したくもなかった。

痛いくらいの強さで全身をスポンジで擦り、髪も洗い、最後に全身を洗い流す。痕跡と共に記憶までも消し去ったことにした。

下着の上にバスローブを羽織り、まず脱衣所の中から外の様子を窺う。さっきと同じ、人の気配はなかった。

スーツの類《たぐい》は部屋に置いてある。着替えるためには自室に戻らなければならないのだが、どうせ優衣がいないのならと、そのままキッチンへと向かった。

とても朝食を取る気分にはなれなかったが、喉だけは渇いていた。何か飲み物をと冷蔵庫を開ける。

いつ見ても寂しい中身だ。優衣の母親が新婚家庭のためにと購入した5ドアの冷蔵庫は、外観が大きいだけに余計にもの悲しさを感じる。

中にはミネラルウォーターや緑茶のペットボトル、それに牛乳のパックが入っているだけだ。全て真人が買った。優衣がこの冷蔵庫に食材を買い足すことはない。二人で食事をしたことなどほとんどなかった。結婚した当初、朝食を何度か一緒にしたが、すぐになくなった。真人の朝は早いし、優衣は昼まで寝ているような生活をしていたからだ。

結婚した当初はそうではなかった。冷蔵庫にも食材が入っていたことがある。だがこうなってしまったきっかけは、優衣の流産だ。結婚してすぐ流産、退院してきてからは一度も一緒に食事をしていない。

そもそも一緒に暮らすことに無理があったのだ。気づくのが遅かった。

真人は事務的に冷蔵庫から牛乳のパックを取りだし、マグカップへと注いだ。胃に負担をかけないよう温め、それで朝食を済ませる。

食欲がないのは今日に限ったことではない。せいぜいがシリアルを食べるくらいのものだ。空腹自体をあまり感じない体質だった。

それから真人は自室に戻り、目に飛び込んできた乱れたベッドに眉をひそめる。

真人が寝ていただけではこうはならない。それに寝乱れただけでなく、汗や精液がこびりついているはずだ。

記憶を消すならこれらも綺麗にしておかなければと、真人は勢いよくシーツを引きはがし、再びバスルームに戻った。自動の洗濯乾燥機に放り込んでおけば、帰宅したときには綺麗になっている。洗濯もずっと自分でしているから、慣れたものだ。

もし優衣が真人の留守中に帰ってきて、シーツを洗った痕跡を見つけたら、千陽から結果を聞かなくても事実に気づいてしまうだろう。

千陽がどう報告するのかは知らないが、男に抱かれた体であることは紛《まぎ》れもない事実だ。しかも一度や二度のことではないと、千陽は気づいてる。そのまま優衣に報告すれば、彼女はどんな反応を見せるのだろうか。

真人は自分をゲイだと思ったことはなかったが、女性を抱きたいと思ったことはなく、また実際に女性との経験もない。

結果を聞かされた優衣が離婚を切り出してきても、真人は受け入れるつもりでいた。社長の娘と離婚となれば、会社も追われることになるだろうが、未練はない。それはそれで仕方のないことだ。

真人には執着というものがなかった。ずっと諦めることが日常だった。感情の起伏が乏しくなったのはそのせいだ。初めから何もかも諦めている人間に、感情を揺り動かすことなどあるはずもない。

ふと千陽のことを思い出す。

自分とは対照的な男だった。外見だけではなく、初対面の相手にも笑いかけ、愛情がなくても男を抱ける。ホストをしているせいなのだろうか。

優衣が惹《ひ》かれたのがわかるような気がした。真人などと一緒に暮らしていれば、ああいう華やかな男はさぞ魅力的に映っただろう。

それから真人は自分の部屋に戻り、先に髪を乾かしてから、着替えを始める。クローゼットの中はほとんどがスーツだ。仕事以外に趣味もなく、休日に出かけたい場所もないから、私服が必要なかった。

スーツに身を包むと、完全にいつもの無表情を取り戻す。そうして、真人は何事もなかったように会社へと向かった。


「……部長」

呼びかけられた声に、真人はハッとして顔を上げる。

野山が不思議そうな顔をして立っていた。真人が仕事中に呆《ほう》けていることなど、これまで一度もなかったから、彼の反応も当然だ。

「ああ、すまない。午後の会議の資料だったな」

真人はすぐに気持ちを切り替える。出社するなり野山に言いつけていた仕事だ。それをまとめて届けにきたものの、真人が呼びかけにすぐに応じなかったということだった。

野山が差し出した資料に、真人は受け取るなりすぐに目を通す。

態度には出さないが、真人はこの部下を一番信頼していた。真人が企画部長になって以来、ずっと直属の部下として、まるで秘書のような仕事までしてくれている。もし自分が辞めることになれば、次期企画部長には野山をと考えていた。そして、それはそう遠い未来の話ではなくなった。

「いいだろう。午後の会議では君がこれを発表しなさい」

「私がですか？」

野山は驚いて目を見開く。

午後から行われるのは重役たちを前にした、新規プロジェクトの企画発表だ。真人が一任されていたものだが、いずれ辞めるのだとしたら、最初から野山に任せていたほうが、後々面倒が少なくなる。

「そろそろ君も私の補佐ではなく、大きな仕事を受け持ってもいい頃だろう」

「ありがとうございます」

野山は深く頭を下げた。プロジェクトを成功させれば出世が近づく。

席に戻った野山を同僚たちが祝福する。気の早い話だが、そもそも真人が立案した企画だ。成功は間違いないと言われていて、計画どおりに進めれば失敗する確率はかなり低かった。

一つ大きな仕事は引き渡せた。それでも真人にはまだかなりの仕事が残っている。それらをいつ辞めてもいいように引き継いでおく必要がある。

真人は日常の業務をこなしながら、同時にその作業も進めていた。もっともまだ辞めるとはっきり確定しないうちから表だっての引き継ぎ作業はできない。誰が見てもわかるようにパソコンのデータを修正し、取引先の相手の特徴や癖など、付き合いをしていく上で大事なところも書き加える。実際の仕事の手順などはそばにいた野山は見てわかっているはずだから、真人の頭の中にしかないことを残しておかなければならない。

入社して十年、仕事上で付き合いのある人間の数は膨大だった。私生活で親しい人間のいないのとは対照的だ。

真人にとって仕事だけが自分の生きている証だったが、仕事が好きなわけではなかった。ただ他に価値を見いだせなかっただけだ。

一日がやたらに長かった。することは山ほどあって、時間との戦いの状態なのに、時の過ぎるのが遅く感じる。

理由はわかっている。千陽のせいだ。

何もなかったように振る舞っても、体がまだ忘れていない。ふとした瞬間に千陽の触れた感触を思いだし、恐怖で体が震える。

過去には日を空けずに何度となく数え切れないほど男に抱かれていた体だ。意思とは無関係に行為に溺《おぼ》れさせられていた。恐ろしいのはその頃に戻ってしまうのではないかという不安で、会社を追われることではない。

午後三時を過ぎた頃、デスクに置いていた真人の携帯電話が鳴り出した。

真人は仕事中でも携帯電話の電源を切っていない。仕事の用件が携帯にかかってくることがあるからだ。それに友人のいない真人には私用電話をかけてくる相手はいない。仕事の電話だけに限られているから、電源を切る必要がなかった。

真人は携帯を取り上げ、その画面を見て顔色を変えた。

登録したはずもないのに、そこにははっきりと千陽と名前が表示されているのだ。

真人はその場では電源を落とすだけにして、席を立った。部下の野山に少し席を外すとだけ伝え、急ぎ足で部屋を出る。

室内には社員が大勢いる。千陽からの電話などどんな内容か知らないが、ろくな用件ではないはずだ。そのやりとりを人に聞かれるのは避けたかった。

会社を出て近くの公園にまで移動した。それから改めて携帯電話の電源を入れて、着信履歴を確認する。

何度見直したところで千陽の名前は消えていなかった。

きっと千陽が自分で登録したのだろう。真人は意識を失い、千陽がいるにも関わらず、眠りについてしまったのだから、あの後、時間はいくらでもあったはずだ。携帯電話はベッドのそばのチェストに載せていたし、ロックもしていなかった。

今無視をしても、またかけてくることは考えられる。仕事中に何度もかけてこられては迷惑だ。真人は履歴にあったナンバーにかけ直した。

呼び出し音が続く。真人には水商売をしている知人がいないから、この時間、ホストの千陽が何をしているのか想像ができない。

かかってきてからまだ五分と経っていないのに、なかなか応答する気配がない。諦《あきら》めるかと思ったとき、呼び出し音が途切れた。

『まさか、そっちからかけてくるとは思わなかったな』

笑いを含んだ声は、約半日前に聞いたばかりのものだ。

かけてくるぐらいだから、千陽のほうでも当然真人のナンバーを登録しているはずだ。誰かとは問いかけてもこなかった。

「かけてきたのは君だろう」

『さっきはまずいときだったのか？』

耳にこびりついていた声で再び囁きかけられる。電話越しだというのに、耳朶に直接吹きかけられているようだ、背筋が震えた。

「なんの用だ？」

真人はことさら冷たい声音で問いかける。動揺を悟られるのは嫌だった。

携帯を盗み見たことは責めずに用件だけを問いただす。メールは誰とも交換していない。電話の履歴も全て仕事関係のみだ。見られて困るようなものは何もなかった。

『昨晩は予想外に楽しかった』

声だけでも千陽が楽しそうなのがわかる。真っ昼間から何を言い出すのだと、真人は誰にも聞こえていないのに周囲を見回した。

『あんたにもかなり楽しんでもらえたようだし』

昨夜だけではまだ足りないのか、千陽はまたも言葉による辱《はずかし》めを真人に与えようとする。

「俺は仕事中なんだ。用件は手短に言ってもらおうか」

どんなに言葉で嬲られようと、もう過去を繰り返すつもりはない。真人はいたって事務的に応えた。

『取引をしないか？』

「君と取引だと？」

真人は明らかに警戒していることを声の響きで伝える。

『俺はまだ昨日の結果をあんたの奥さんに報告していない』

「それで？」

『あんたが俺の言うことを聞くなら、ゲイだってことは黙っててやってもいい』

予想もしなかった提案だ。

真人には千陽の真意がわからなかった。金目当てに強請《ゆす》るつもりだとしても、真人よりも優衣のほうが財産がある。優衣に取り入ったほうが得策だ。

一般的には真人は知られては困る秘密を握られたことになるのだろうが、真人には今の地位も立場にも未練はない。もっとも脅しの材料にはならないと千陽は知らないのだから、こんな反応をしてくるのも無理はなかった。

「話したいなら話せばいい。俺には君に支払えるような財産もない」

『金じゃないって言ったら？』

千陽はさらに思いがけないことを言い出す。金以外に要求されるようなものは持っていないし、想像もつかない。

「なんでも同じだ。俺は君の要求を呑むつもりはない」

真人は千陽の返事を待たず、一方的に電話を切った。

交渉決裂だ。これで今日の夜には優衣から何か切り出されるかもしれない。そうなるとクビになるのも時間の問題だ。

なんとなく今まで生きてきた。高校時代は友達もおらず、他にすることもないから勉強をするしかなかった。おかげでいい大学にも入れた。だが、それだけだ。ずっとそんなふうに生きてきた。

真人の時計は高校生のときから止まっている。誰にも、真人自身でも動かすことのできない、重い針だった。

一日の仕事を終え、真人が自宅に戻ったのは、いつもより早い時間だった。離婚となれば、仕事だけでなく住む場所も失う。だから、いつマンションを追い出されてもいいようにと、身の回りの整理を始めるつもりだった。

十一時にはベッドに入る真人が、覚悟を決め、起きて待っていたのに、優衣はまた帰ってこなかった。日付が変わり、深夜一時になる前に、真人は諦めてベッドに入った。

翌朝も同じような一日が始まる。朝起きてリビングに出ても、優衣はおらず、また帰ってきていた気配もなかった。

千陽はまだ報告していないのか、それとも離婚などいつでもできると、今も優衣は千陽と一緒に楽しく過ごしているのかもしれない。

まだそのほうがマシだ。真人への憎悪を募らせているよりも、目の前の楽しいことに夢中になってくれているほうが、勝手だとわかっていても、真人の気持ちは楽だった。

出勤しても優衣の父親である社長に呼び出されることもなかった。おかげで変わりなく仕事をこなすことができる。

野山に大きな仕事を回してしまったから、それ以外の細かな雑事は他の社員へと振り分ける。いずれはこの中の誰かが野山のサポートに回るのだ。すぐにそうできるように今のうちに教えておくのも真人の役目だ。

そうやって一日の仕事を終え、会社を出たときにはまた夜の九時を過ぎていた。今日は接待も付き合いもないからまっすぐ帰ればいいだけなのだが、今日こそ優衣が待っているかもしれないと思うと、さすがに足が重くなる。

ビルの前にも広い敷地があり、そこを通り抜けると駅に続く道路へとさしかかる。真人がその道路に足を踏み出したときだった。

「ホントに遅いんだな」

不意に目の前を塞《ふさ》がれた。俯き加減に歩いていたから、声をかけられるまで、全くその存在に気づいていなかった。

「君……」

顔を上げた真人は言葉を呑んだ。

そこにいたのは千陽だった。あんなことをしておきながら平然とした顔で千陽は真人を見下ろしている。

真人はこのとき初めて二人の身長差が十センチほどもあることに気づいた。ベッドの上でしか千陽を知らなかったからだ。真人が百七十四センチだから、千陽は軽く百八十センチは超えているだろう。このルックスにこのスタイルなら、さぞもてるに違いない。

この時間になれば退社の時間が誰かと一緒になるということはそうそうないが、真人は周囲を気にして責める言葉の一つも言えなかった。

千陽は見るからにホストの風貌をしている。スーツを身につけていても、それは会社員のものとは遙《はる》かに違い、色もデザインも派手だった。

「さすがに二日経つと余韻は全くないか」

千陽の目は真人の腰の辺りを彷徨《さまよ》う。自分が抱いた痕跡がないか、探っているのだ。

「まだ私に何か用があるのか?」

真人はうんざりして問いかけた。昨日の電話での提案は拒絶した。真人の側には千陽に会う理由などない。

「用といえば用かな」

千陽は顔を耳元に近づけてきた。

「ゲイだと大声で叫ばれたくなければ、俺についてきてもらおうか」

真人は目を見開き、千陽を睨《にら》み付ける。

会社の前だ。真人にとってはどうでもいいことなのだが、ゲイの男と結婚したと知られれば、優衣が好奇の目に晒され、取り持った社長の立場もなくしてしまう。

「どこに行けばいいんだ？」

真人はおとなしく従うことにした。

「電話では偉そうなこと言ってても、やっぱりばらされるとまずいんだろ？」

千陽は真人が保身のためにばらされたくないのだと誤解しているようだ。真人は面倒で否定しなかった。

「ま、ついてこいって」

千陽は真人を誘導し、大通りへと向かう。真人が並んで歩くことを嫌がっているとわかっているのか、先を歩き、振り返ろうとはしない。ついてくると確信しているようだ。

会社から少し離れたところで、話でもするだけかと思っていたのだが、千陽はタクシーを呼び止めた。

「乗れよ」

先に中に真人を押し込み、続けて一緒に乗り込んでくる。

千陽が運転手に告げた行き先は新宿だった。

「どこに？」

真人は小声で問いかけた。運転手に聞こえるからあまり具体的なことは言えないし、真人と千陽の組み合わせは不思議に見えるだろう。興味を持たれないよう、会話にも気をつけたい。

「ちょっと飲みに行こうぜ。時間はあるだろ」

帰っても誰もいないんだという意味が含まれている。

車は走り続け、やがて新宿へと到着した。夜の新宿など本当に久しぶりだ。仕事で昼間に来ることはあっても飲みに来たことはない。

「ああ、その先でいいや」

千陽は車を停めさせた。ここから先は車が入っていけないようになっているようだ。

「その先に俺の店がある」

真人は新宿でホストをしていると言っていたから、その勤め先のことを指しているのだろうが、男の真人を連れて行ってどうしようというのか。

「そこに行けって？」

まずはタクシーを降りてから、疑問の一つを口にする。ここまで来れば、同僚や部下の目を気にしなくても済む。

「ゆっくりと話をしようぜ」

「どうして俺が……」

千陽はそれには答えず、肩を組んできた。

「同伴出勤だな」

冗談のように笑う千陽が、真人には理解できない。

男同士、肩を組んで歩くことに抵抗はないのか、ここは千陽の店の近くだというのに、全く平気な顔をしている。

実際、歩いている間に、千陽は何度か同業者らしき男に頭を下げられた。中には明らかに千陽よりも年上らしき男もいた。それらに千陽は気軽に右手を上げ応じる。その横柄な態度に真人は眉を顰めた。

「ずいぶんと君は偉いんだな」

「あんたも似たようなもんじゃねえの？　年上の部下を顎で使ってんだろ？」

「部下を従わせるには、それなりの態度で接する必要がある」

他人の目を気にしなければ、年上に対して接する態度を気にしなくてもいい。陰で何を言われようが、結果で黙らせればいいだけだ。

「俺もそう」

千陽が調子のいい相槌を打つ。

「なんせ、ホストになって半年でナンバーワンになったもんだから、妬《ねた》みが多くてさ」

おそらく、千陽はこれまで多くのホストたちを踏み台にしてきたに違いない。それくらい平気でやりそうな男だ。千陽は自分に絶対の自信を持っている。

そんな千陽と歩いているから、やたらと視線を浴びせられる。落ち着かない気分は、幸いなことにそう長くは続かなかった。

「ここだ」

千陽が足を止めたのは、きらびやかなネオンが輝く店の前だった。

店の外には写真入りの看板が並んでいる。千陽の写真が一番大きいのがナンバーワンの証のようだ。写真の下に記された名前は千陽、本名で店に出ているらしい。

何人ものホストの写真の中でも、千陽の容姿は際だっていた。大きさだけでなく、人目を惹く華《はな》がある。顔立ちはいいのに派手さのない真人とは対照的だ。

「さあ、どうぞ」

店のドアを開けた千陽は、まるでエスコートをするような仕草で真人の肩を押した。

「いらっしゃいませ」

居並ぶホストたちに出迎えられる。

ホストたちは千陽が男の客を連れてきたことに対して、あらかじめ言われていたのか、それともよくあることなのか、驚いた様子は見せなかったが、客たちは違う。千陽が同伴してきたのが男だったということに、店中のテーブルから視線が突き刺さる。

千陽は真人を店の一番奥のＶＩＰ席へと案内した。

ホストクラブに入ったのは初めてだが、一晩で何十万と使ったという話を聞いたことがある。現在、それだけの持ち合わせはない。もちろんカードは持っているが、支払いたくないというのが本音だ。

千陽が勝手にオーダーを通し、ついてきていた若いホストが下がると、テーブルには千陽と二人だけになる。

「そんなにビクビクするなよ」

隣に腰を下ろした千陽が、真人の態度にからかうように言った。目をキョロキョロさせる真人の仕草が、支払いを気にしているのだと気づいたようだ。

「ここの支払いくらい、どうってことないんじゃねえのか？　次期社長なんだろ？」

「……そんなことはない」

真人は千陽の言葉を否定した。

社内の噂では確かに真人が次期社長だと言われている。優衣も現社長もそう思って真人を結婚相手に選んだのだろうが、真人自身、社長職に興味はなかったし、なりたいとも思っていない。できれば遠慮したいのが本音だ。

山藤商事は社員数五百人を超える。それだけの社員を背負って生きていくほどのバイタリティは、真人にはなかった。

「支払いはあんたの奥さんにつけておく。それならいいだろ。一回分が増えたところでどうせ気づかないだろうしな」

「そんなに頻繁に来てるのか？」

真人は呆れて問いただした。

「週に最低でも二回は来てる」

千陽は隠すことなく答えた。

金のことはともかく、こんなホストクラブのどこにそこまで通い詰めるほどの魅力があるのか、真人にはわからない。自分が男だからなのか、似たような容姿やファッションの男たちに囲まれても居心地が悪いだけだ。

「お待たせいたしました」

さっきの若いホストが戻ってきた。手にはボトルやグラス、氷の載ったトレイを持っている。そして、そのホストはそのまま席に着き、真人のために水割りを作り始める。さらに千陽が呼んでいたのか、さらに真人の周りには派手な男が四人もついた。それぞれ名乗ったが、真人は覚えるつもりなどない。

「おい、君」

千陽と二人きりでいるだけでも居心地が悪いのに、こんなにホストに囲まれてどうしろというのだと、真人は千陽を責めた。

「贅沢だろ？　うちのナンバー5まで勢揃いだ」

千陽が声高に笑う。他のテーブルにいる女性客たちはどんな上客が来たのだと、真人のほうを窺っている。

「どうぞ」

一人のホストが真人にグラスを差し出す。

飲みたいわけではないが、飲まないと間が持たない。真人がグラスを受け取ると、千陽が乾杯を求めてきた。

「ここはやっぱり、二人の出会いにってことで」

勝手にグラスを合わせて、周りのホストがはやし立てる。

「千陽さん、その言い方、なんかいやらしいですよ」

千陽に敬語を使っているが、外見は同年代に見えるホストの一人が笑う。

「俺はこういう言い方しかできない体質なんだよ」

「男女問わずですか？　見境ないなあ」

ホストたちがドッと笑う。

笑えないのは真人だけだ。真人を中心にしているのに、真人を置いてきぼりにホストたちは盛り上がる。

「どういうご関係なんですか？」

誰もが抱くであろう疑問を、千陽にではなく真人にぶつけてきた。

千陽は真人が優衣の夫だとは話していないようだ。

「それは……」

千陽は真人に顔を向け、ニヤッと笑うと肩を抱いてきた。

「二人だけの秘密」

そう言ってさらには首筋に顔を埋めてくる。人前での過剰な動作に真人は驚いて息を呑み、振り払うことができなかった。

「千陽さんがすると洒落《しゃれ》になんないっすよ」

他のホストが笑いながら言った。

どんなに親密な態度を取ろうと、冗談だと決めつけている。それも当然のことだ。男同士で、しかも千陽はホストなのだ。体の関係があるなどとは誰も思わないだろう。

真人が一言も発しないでも場は盛り上がる。真人はただ黙って酒を飲むしかない。

本当は席を立ちたいのだが、こんなところに連れてきた千陽の目的がわからないだけに、それもできない。

三十分近くそうしていただろうか、席にいなかった別の年若いホストが近づいてきて、千陽に何か耳打ちした。

千陽がクッと喉を鳴らして笑う。

「お前らはもう戻っていいぞ」

千陽はまず他のホストを席から離した。

「あんたたち夫婦は妙なとこで気が合うらしい」

何を言っているのかと千陽を見ると、視線で店内入り口付近を示される。そこには優衣の姿があった。

「会いたくはねえだろ？」

千陽は見透かしたように言った。会えば修羅場《しゅらば》になるのは必至だ。

この店に連れてきたのは千陽が勝手にしたことで、優衣と示し合わせていたわけではなさそうだ。

千陽は真人の腕を摑んで立ち上がらせると、店の奥へと連れていく。

「後は頼んだぞ」

さっきの若いホストに命令した。

連れて行かれたのは男子トイレだった。ホストの数に見合って、トイレも広く、大きな鏡のついた洗面台もある。

「彼女は君を指名してるんじゃないのか？」

真人はようやく口を開いた。

「ああ、俺の上客の一人だ」

「なら、君が行かないと……」

言葉が途切れたのは洗面台に向かう真人の背中から、千陽が抱きしめたからだ。

「君っ……」

抱かれたのは一昨日のことだ。体にはまだ感触が残っている。この腕がどんなふうに真人を追いつめたのか、忘れようとしても忘れられなかった。

「あんた、いい体だったよ」

千陽の手が中心へと伸びてくる。

「やめないか」

真人はその手を払おうとするが、それより前に、スラックスの布地越しに強く中心を握られ、顔を歪めさせられる。

「痛いより気持ちいいほうがいいだろ？」

だから抵抗をするなと、千陽は耳元に息を吹きかけてくる。そのくすぐったさに真人は首を竦める。

「俺がどうしてあんたをこの店に連れてきたと思う？」

問いかけながらも千陽の手は蠢《うごめ》く。スラックスの上から揉みしだかれ、真人は洗面台に手を突いて、快感をやり過ごそうとする。

「話を……するためじゃないのか」

声を途切れさせながらも真人は答えた。

「ああ、そうだ。ボディートークって奴をな」

「なっ……はぁ……」

千陽の手の動きはやはり巧みだった。布が邪魔しているとは思えないくらいに、真人の息を乱れさせる。

「あんたも期待してたんじゃねえか」

手の中で反応を見せ始めた真人を、千陽が揶揄《やゆ》する。

一昨日の夜がなければ、ここまで早く反応はしなかったはずだ。呼び覚まされてしまった体の記憶のせいで、感じやすくなっていた。

「ここをどこだと……」

真人は振り仰ぎ、千陽をキッと睨み付ける。言いように翻弄されているのが腹立たしかった。

「誰も来やしねえよ。終わるまで誰も入れるなって言ってある」

「まさか……」

真人は息を呑んだ。その言い方では、誰かにトイレの外で見張りをさせているということになる。そうなれば、今のこの会話も全て聞かれてしまっているのではないか。

「この店では俺の言うことは絶対なんだよ」

真人の想像を千陽は暗に肯定した。

ホストクラブでのナンバーワンの権力がどれほどのものなのか、真人は知らないが、千陽には権力者としての傲慢さが見えた。

「だから、遠慮しないで感じろよ」

耳元に息を吹きかけ、舌を差し入れてきた。

「……っ……」

思いがけない刺激に真人は身を竦ませる。

これではまるで愛撫だ。ただ前を擦りイカせ、後ろを犯したあの夜とは違う。首筋に舌など這わされなかった。腰骨を撫でられたりもしなかった。

真人の仕草の全てが真人の熱を上げていく。中心はスラックスを押し上げ、触らなくても昂ぶりがわかってしまう。

そこで千陽は手を止めた。

「どうする？」

意地悪く耳元に問いかけてくる。

「このままだとスラックスに染みをつくることになるぞ」

「だったらやめてくれ」

これ以上、余計なことをされなければ、いずれは熱も治まる。真人は願いを込めて頼んだ。

「それは無理。やめたらつまんないだろ」

千陽はクッと喉を鳴らして笑う。

ただ千陽を楽しませるために辱めを受けなければならない。これ以上の屈辱はない。

悔しいだとか恥ずかしいだとか、そんな感情はとっくの昔になくしたと思っていたのに、まだ自分の中に存在していたことに真人は驚く。

「スラックスを濡らしたくないなら、自分で脱げばいい」

千陽は笑みを浮かべたまま、残酷な命令が下す。その表情は鏡に写し出されていた。

頬を上気させつつも悔しさに唇を嚙み締める真人。セットされた髪を一筋も乱すことなく余裕の笑みの千陽。対照的な二人の男がそこにはいた。

「俺はどっちでもいいけど？」

千陽は再び手を蠢かす。柔らかく揉まれ、先走りが下着を濡らした。もう限界だ。

さっきから嬲られているせいで、既に形を変えている。命令に従わなければ、千陽はこのままの状態で真人をイカせるだろう。そうなれば、おもらしをしたようなみっともない格好でフロアに戻される。それは避けたかった。

真人は震えながらベルトに手をかけた。

腰が細すぎてスラックスはベルトを抜いただけで頼りなくなる。ボタンを外せばもう腰骨にかろうじて引っ掛かっている状態でしかない。

「そういう作戦を取るわけだ」

千陽は冷やかすように言った。

「作戦？」

「焦らしてんだろ？」

待ちきれないとばかりに千陽が先回りして、スラックスのファスナーを下ろした。支えをなくしたスラックスは床へと落ち、足首にまとわりつく。千陽はさらに下着をもずらした。膝まで降ろされた下着が、真人の足の動きを封じる。

いくら見張りがいるとはいえ、こんな場所で下半身を晒す恥ずかしさは、これまでに経験したことがない。シャツの裾がかろうじて大事な場所を隠してはいても、心細さに真人は身を震わせた。

「今度はシャツを濡らすんじゃないか」

千陽は肩越しに覗き込み、真人の姿を揶揄し、右手でシャツの裾を捲り上げた。真人は思わず顔を伏せる。

はしたなく先走りを零す屹立が姿を見せた。そこに千陽が左手を絡ませる。

「ふぁ……」

直接触れられて吐息が漏れる。

シャツは中心を擦り上げる千陽の左手に引っ掛かり、もう濡らすことはない。千陽は空いた右手でシャツのボタンを外しにかかった。真人は両手を洗面台に突いて体を支えるのが精一杯で、その手を遮ることができない。

「見てみろよ。いい格好だ」

千陽は真人の顎を摑み、強引に前を向かせた。

大きな鏡が淫らな姿を映し出している。

シャツのボタンを全て外され、ネクタイだけがそのままの姿だ。その上、背中から男に抱かれ、中心にはその男の手が絡んでいる。

とても正視できるものではない。真人は羞恥に顔を伏せようとするが、千陽がそれを許さなかった。

「ちゃんと見てろよ。これがあんたの本当の姿だ」

浅ましい姿を思い知らされる。何も感じていなければ、どんな言葉をかけられても反発することができる。だが、真人の中心は千陽の手の中で硬く張り詰めているのだ。

「君になんの……権利があって……」

「こんなことをするのかって？」

感じすぎてうまく言葉が紡げない真人に代わり、千陽は問いかけてくる。

「わからないなら教えてやるよ」

「ひぁっ……」

先端に爪を立てられ、真人は悲鳴を上げた。

「あんたが素直じゃないからだよ」

「何が……」

真人は首を曲げて千陽を振り仰ぐ。鏡を見れば、千陽がどんな顔でそんなことを言っているのかがわかる。けれど、そうすれば自分の姿まで目に入るから見たくなかった。

「この前も最後まで自分がゲイだって認めなかった」

「だから違うっ……」

きつく握られ痛みに声が途切れる。

「そこまで意地を張られると、どうしても認めさせたいじゃないか」

「そんなことで？」

「暇なんだよ」

千陽の手が胸元へと伸びる。

「男にさんざん可愛がられてた体なら、こっちも好きなんだろ？」

「ふぅ……んっ……」

胸の尖りを指先で摘《つま》まれ、甘い息が漏れた。

「やっぱりな」

千陽は満足げに呟いた。

男のくせにだとか、女のようだとか、かつてそう言われながら何度も嬲られた。赤くなるまで弄ばれ、腫れて翌日シャツを身につけるのも痛かった。

そんな記憶が蘇《よみがえ》る。

現実と記憶が真人を追いつめた。中心は完全に形を変え、先走りを零《こぼ》す。

「こっちだけでイクのは物足りないんだろ」

千陽は後ろから手を伸ばし、蛇口の下へと差し出した。自動で水が流れる仕組みになっていて、千陽の手を濡らす。

その手が次にどこに向かうのか、全ては鏡が映し出す。

さっきまでの行為は見えていたが、背後に回ってからの動きは見えない。双丘に濡れた手が触れ、それは狭間を伝い、窪みへと移動する。

千陽は感触だけで手を動かしていて、視線は鏡に映る真人の顔から離れない。どんな表情も見逃さすまいとしているようだった。

「うっ……」

押し込められた指が、真人に息を吐き出させる。

まだ二日しか経っていない。ろくに解さなくても千陽の指はすんなりと中に押し入ってきた。蠢く感触もまだ忘れていない。

イカせることが目的ではないと、真人を狂わせる場所は避け、広げ馴らすことだけに千陽は専念する。

二本に増やされた指が左右に広げようとしている。洗面台に突いた真人の手が震えるのは、苦痛からではない。

「指を入れられただけでも感じてんのか？」

揶揄する言葉が耳に吹き込まれる。

嘘を吐きたくても体は正直だ。物欲しげにヒクヒクと千陽の指を締め付けている。

「早くこいつが欲しいみたいだな」

千陽が腰を押しつけた。剝き出しの双丘にスーツの下の膨らみを感じる。

「待ってくれ。こんなところじゃ、せめて場所だけでも……」

こんなところで最後までされるのは嫌だと訴えてみた。けれど、千陽は答えの代わりに自らスラックスのファスナーを下ろした。

「こんなになってて今から移動は無理だろ」

引き出された千陽の中心は既に熱く猛っている。鏡にはっきりと映し出されていた。

真人は思わず息を呑む。千陽のものを目にするのは初めてだ。大きさは体ではわかっていたが、こんなに大きかったのかと目が離せない。

千陽は慣れた仕草で手早くコンドームを被せると、真人の腰に手を添えた。

「くぅっ……」

立ったまま、後ろから貫かれた。真人は洗面台に摑まり、衝撃に耐える。

一昨日よりも辛くないのは、体がまだ忘れていないからだ。

奥まで押し込んだ屹立がズルリと引き抜かれる。内壁を擦られ、そそけだつ感覚を覚えたが、それだけだ。入れただけでまだ何もしていないのにどうしてだと、真人は濡れた目で千陽を見つめた。

「欲しいか？」

千陽の声に冗談の響きはない。その表情にも険しさを感じる。昂ぶっているのは千陽も同じ、余裕などあるはずがない。

その真剣さに引き込まれるように、真人は頷いた。

「だったらもっと腰を突き出せ。今のじゃ、深いところまで届いてなかったろ？」

千陽は実際に挿入してそれに気づいた。

体が昂ぶっている。千陽を追い出し、自慰したくらいでは収まらない熱だ。

真人は両手を洗面台に突いたままで、一歩後ろへと足をずらす。

「まだだ」

千陽に力強く腰を引かれ、真人の足が引きずられる。真人は胸を洗面台にもたれさせ、九十度、体を折り曲げるような格好を取らされた。

「ああっ……」

千陽は何も言わずにいきなり突き刺した。押さえきれなかった嬌声《きょうせい》が上がった。

角度が変わるところも違うのか、さっきはまだ得ていなかった快感が、突き刺されただけでもたらされた。いいところに当たって、腰から痺《しび》れが広がる。

千陽は真人の脇腹に手を添え、腰を前後に動かし律動を繰り返す。

「ああっ……はっ……ぁ」

外に人がいるかもしれないのに淫らな喘ぎは止められなかった。

「あんたはこのときだけ素直に感情を見せるんだな」

腰を使いながら千陽が囁く。その意味を冷静に考える余裕など真人にはなかった。もっと激しくしてほしいと腰を揺らめかす。

「ほら、見てみろ、これがあんたの本当の姿だ」

髪を摑んで顔を上げさせられた。

男に背後から貫かれ、頰を上気させ、喜びの涙を流している。それが真人の本当の姿だと、千陽は思い知らせようとしている。

能面のような顔しかずっと見ていなかった。身なりを整えるために毎朝鏡を見ることはあっても、自分の顔に何の感情もわかなかったかし、気にしたこともなかった。

カッと全身に火がついたように熱くなる。さっきから感じっぱなしで、これ以上は熱など孕《はら》まないと思っていたのに、真人の体は自分が思っている以上に貪欲だった。

真人は自ら中心へと手を伸ばした。恥ずかしいと思うよりも強すぎる快感から逃れたいという思いが勝った。

「……っ……」

息を詰めて最後の瞬間を迎えた。手のひらは自分の放ったもので濡れている。

千陽は力をなくした真人の体に数度打ち付け、真人より少し遅れて解放した。

千陽が引き抜くと、支えをなくしたように、真人はその場に崩れ落ちる。ここがトイレの床でも立っている気力もなかった。

すぐに足が言うことを聞かない。早く身繕いを整えたいのに立ったままでの行為は、真人の体に大きな負担をかけた。

「さてと、そろそろ戻るかな」

千陽は急に思い出したようにフロアを気にする。ナンバーワンがいつまでも顔を見せないのはおかしいが、今さら言い出すのは真人への嫌がらせでしかない。

真人はまだ下着すら引き上げられず、シャツを肩に羽織っただけの姿だ。千陽がいなくなれば、見張りもなくなる。貸し切られていたトイレへと急ぎたいホストもいるだろう。

「あんたも満足したみたいだし」

千陽がそう言ってドアに手をかけた。

「待ってくれ」

真人は引きつった声を上げ引き留めた。

真人から何か言い出さなければ、千陽は本気で真人を残して出て行くだろう。一人残されるのは辛い。

「立てないなら、女房を呼んできてやろうか？　旦那が腰を抜かしてるってな」

千陽は面白い冗談を思いついたとばかりに、声を上げて笑う。ひどい男だ。彼をナンバーワンにした客たちは、この姿を知っているのだろうか。

「君だって、こんな現場を見られたら困るんじゃないのか」

真人はせめてもの反撃をした。本当にやりこめたいわけではなく、ただの時間稼ぎだ。話している間は千陽も立ち去らない。

「俺が何をしてようが、今さら誰も驚かねえよ」

後輩のホストに見張りをさせるくらいだから、この言葉も嘘ではなさそうだ。

真人は上着の内ポケットからハンカチを取りだし、それを水で湿らせてから、濡れた中心をぬぐい取る。

痛いくらいに千陽の視線を感じる。また何かからかうつもりなのだろうか。情けなさが募るが、今は気にしている場合ではない。

「あんた、慣れてるな」

千陽はそう評した。

またその話かとキッと真人は睨み付けるが、千陽は堪《こた》えた様子はない。

「過去に付き合ってた男は、誰も身繕いを直す手伝いなんてしてくれなかっただろう？」

決めつけたような言い方に反感は抱くが事実だった。

真人を抱いた男は千陽の他には一人しかいない。その男は自分の気の向いたときに思うまま真人を貪《むさぼ》ると、終われば見向きもしなかった。中を洗う屈辱を覚えさせられたのもその男にだ。何も手伝ってはくれないのに、コンドームを着けるのを嫌がり、中に出すのが好きな最低の男だった。

その点だけは千陽のほうがマシだ。昨日はどうしたのか知らないが、中には出されていなかったし、今日はコンドームを着けていた。

「そういうのが好きなのか？」

問いかけに真人は表情を険しくする。

「君に答える筋合いはない」

「言ったほうがあんたのためだと思うがな」

「どういう意味だ？」

問いかけながらも真人は身繕いを直す手を止めない。本当はこんな話などしたくないし、千陽の顔も見ていたくないのだが、時間稼ぎのためには仕方ない。下着は身につけた。シャツのボタンもほとんど留め終わっている。

「これからのためにな。いつもこういうのでいいのか？」

千陽の問いかけに、真人はすぐに意味が呑み込めなかった。

「俺が飽きるまでは付き合ってもらう」

「それも彼女の頼みなのか？」

千陽はフッと鼻で笑った。

「そこまでされる覚えがあるのか？」

逆に問い返される。

あると言えるのかも知れない。真人は彼女のプライドを踏みにじった。愛そうとしたが愛せなかった。それが優衣の怒りを買ったとしても不思議はない。

真人は自分自身の愚かさに苦笑いする。誰も愛したことなどないくせに、結婚をした報いが今になってやってきたのかもしれない。

「何がおかしい？」

「いや、もう一度聞く。彼女の頼みか？」

「まさか」

冗談だろうと千陽は笑う。

「だったら、もう二度と俺に近づくな。君が言い出した取引とやらにも、俺は応じるつもりはない」

真人はきっぱりと言い放つ。

「ゲイだってばらされてもいいってのか？」

「好きにすればいい」

真人の答えに、千陽は何か考えるような表情を見せた。

身繕いの終わった真人はこの場から立ち去りたいのだが、千陽がドアを塞ぐように立っていて敵わない。

「山藤商事ってのは結構でかい会社だよな」

千陽は突然、そんなことを言い出した。こんな場所で会社名を出されたことに、真人は訝しげに瞳を細める。

「妻の浮気を見て見ぬふりをしていた旦那。旦那をゲイだと疑い男に襲わせた妻。次期社長夫婦の真実は、なかなかセンセーショナルな話題だと思わないか？」

真人が自分の体面を気にしないのならと、千陽は別の方法を考えた。会社の名前を出すのが一番効果的だと知ったようだ。

「どうしてそこまで俺に拘《かかわ》るんだ？　金なら彼女からいくらでも引き出してるんじゃないのか？」

「金だけならな」

千陽はあっさりと認めた。

「俺からは何を搾《しぼ》り取るつもりだ？」

「それは今考えてる」

「何言って……」

真人は唖然として、もっとちゃんとした説明を求めようとするが、千陽はそこまで答えるつもりはなかったようだ。

「もうあんたもよさそうだな」

真人が動きを止めているのに、千陽も気づく。どうやら、からかいつつも真人が身繕いを終えるのを待っていたらしい。

扉を開けると若いホストはまだそこにいた。千陽の後に続いて外に出た真人は、聞かれていたのではと思うと、とても顔を向けることができなかった。

「どうだ？」

千陽は短い言葉でその男に問いかけた。男は何か千陽に耳打ちする。それを聞き終えた千陽は真人を振り返る。

「まだ帰ってないってよ」

千陽が確認したのは優衣がまだ店にいるかどうかだった。馴染みのホストがフロアにいないなら帰ることもある。だが、優衣はそうしなかった。

急に現実が押し寄せる。妻が同じ空間にいるというのに男に抱かれていた現実を思い知らされ、真人は表情をなくす。

「フロアに戻るか？」

「い、いや……」

真人は狼狽《うろた》え、口ごもる。愛情のない形だけの夫婦だとはいえ、男に抱かれた直後の姿を見せるのは抵抗があった。

「浮気を見つかりそうになって焦る亭主ってところか」

千陽は楽しげに声を上げて笑う。

「いいだろ。こっちだ」

千陽が真人の腕を取り、廊下を来たときとは逆のほうへと導く。

「この先が裏口だ」

示された先にドアがあった。優衣と顔を合わさなくても済むように計らってくれている。ありがたかったが、それならどうして出会う可能性が高い店になど連れてきたのかという疑問は残る。けれど、今は問いただすよりも逃げることが先決だ。

真人は素直に従い、裏口から外に出た。

真人は優衣の帰宅を待っていた。ホストクラブは明け方まで営業しているらしいから、帰りが朝になることも考えられる。今日は金曜で明日は仕事が休みだ。仕事に支障を来《きた》す心配はないと、真人は寝ずに待っていた。

今日にでも決着をつけたかった。確かにそんな思いもある。けれどそれ以外にも真人の胸中には複雑な思いがあった。

千陽は真人を抱いた腕で優衣を抱くのだろうか。

優衣は千陽の客だ。真人を抱くように頼めるくらいの間柄なら、体の関係があると考えるほうが納得できる。

優衣が誰と浮気をしていようが、今まで気にしたことはなかった。それなのに千陽のことが気になるのは、自分を抱いた男だからだろうか。自分でもわからない感情が真人の心の中で渦巻いていた。

かつて真人を手酷く扱った男は、他に女も男もいなかった。真人だけを飽きることなく抱いていた。

だから真人は比較されるということを知らない。女のようだと罵《ののし》られても、実際に他の女の陰をちらつかせられることはなかったからだ。

深夜二時を過ぎ、玄関の開く音がした。他にこんな時間に部屋を訪ねる人間はいない。どうやら優衣が帰ってきたようだ。

「起きてたの」

明かりのついたリビングで優衣は真人の姿を見とがめる。優衣の声を聞くことすら、もう長い間なかったことだ。

「君に聞きたいことがあったんだ」

「何？　今じゃなきゃいけないこと？」

優衣は露骨に嫌そうな顔をする。

本当なら優衣から切り出してもおかしくない話のはずだ。今日、店に行ったということは、千陽に真相を聞き出すつもりだったのではないのか。それに真人の寝込みを襲わせたことを真人から非難されるとは思っていないのか。

「羽鳥千陽という男はどんな人間なんだ？」

真人がいきなり核心に触れることはせず、回りくどい質問を選んだ。

優衣は一瞬、呆気にとられたような顔をして、それから噴き出した。ひとしきり笑ってから、キッと眦をつり上げ、今度は怒りを露わにする。

「久しぶりの会話がそれ？　他に言うことはないの？」

言葉の中には何もかも知っているのだという思いが込められている気がする。けれど、優衣は問いかけるだけで自分からは切り出そうとしない。

「君は付き合う人間を考えたほうが……」

「心配しているような顔をしないで」

優衣が真人の助言を遮った。

「あなたは体面を気にしているだけじゃない」

「そんなことはない」

真人の否定を優衣は鼻で笑う。

「体面なら、自分のことを心配したら？」

どういう意味だと真人は表情で問い返す。

「ゲイなんでしょう？　ばれたら困るわよね」

優衣は嘲るような視線を向けた。

やはり千陽に聞いてきたようだ。真人は口止めをしなかった。しても意味がないと思ったからだ。

「否定しないのね」

「そう思いたいなら思えばいい」

つい投げやりな言葉が出てしまい、優衣をますます逆上させた。

「どうしてゲイのくせに結婚なんてしたのよ」

怒りを露わにし、責める優衣の問いかけに、真人は何も答えられなかった。どんな答えも優衣を喜ばせることも、納得すらさせられないこともわかっているからだ。

「もういいわ」

優衣は真人に背を向け、帰ってきたばかりだというのに、真人と同じ屋根の下にいるのが嫌なのか、また玄関へと向かった。

ドアの閉まる音が聞こえる。これでは話し合いどころではない。

離婚という言葉は出ず、結局、何も解決しないままだった。

3

久しぶりに夫婦の対面を果たした日から一週間が過ぎ、優衣の遊び癖はますますひどくなった。それまでは朝帰りになっても自宅に戻っていたが、それもなくなった。実家に帰っているわけではないのは、社長である父親から何も言われないことでわかる。

優衣には父親から与えられたカードがある。遊び歩く金に不自由はしないが、どれだけ浪費しているかは実家には筒抜けだ。

「部長、社長がお呼びです」

出社するなり野山が近づいてくる。

優衣の父親の山藤省三《しょうぞう》は仕事熱心な人だから、こんな朝早くから出勤していることも珍しくないが、この時間に呼び出されることはまれだった。伝言を受けた野山も何事かと慌てて飛んできたのだろう。

「わかった。ありがとう」

真人は荷物だけ置いて、社長室に向かう。

呼び出される理由に心当たりがある。優衣のことに他ならない。仕事のことなら、こんな呼び出し方はしないからだ。

社長秘書に出迎えられ、社長室の中に通された。山藤は立ち上がり、応接ソファーへと真人を呼び寄せ、二人は向かい合って座った。

「こんな朝早くから悪いね」

山藤は申し訳なさそうに言った。社長としてではなく父親の顔だった。

「本当は昨日のうちに連絡したかったんだが、仕事で帰宅が遅れてね。職権乱用だとは思ったが、許してくれ」

「いえ、とんでもありません」

真人は恐縮するしかない。自分に非があるのはわかっている。山藤に頭を下げさせる立場にはないのだ。

「実は家内から、君たちがどうなっているのか聞いてほしいと言われたんだが」

山藤は言いづらそうに切り出した。

「優衣の浪費癖がひどくなってるそうだね」

やはりそうだった。金遣いが荒いのは結婚前からだが、家庭に入れば落ち着くと思っていたのかもしれない。だがそれは、あくまでまともな結婚生活を送れていればだ。

真人の給料なら充分な暮らしができる。けれど、優衣は真人から生活費を受け取ろうとはしない。そもそも受け渡しをする接点すらなかった。

「申し訳ありません」

真人は頭を下げた。

「いや、君を責めているわけじゃないんだ」

山藤は慌てて顔を上げるように言った。

「娘を甘やかして育てたのは私たちの責任だ」

山藤夫婦には長く子供ができなかった。年を取ってからようやく授かった娘を溺愛《できあい》してしまう気持ちは、子供のいない真人にも理解できる。それこそ、真人が山藤を責める立場にはない。

「子供でもできれば変わるんじゃないかな」

「子供、ですか」

言いたいことはわかる。わかるがそのための行為が真人にはできない。優衣も今さら真人を受け入れないだろう。

さすがに真人がゲイだとは、優衣も両親には言いづらい。真人は自身をゲイだとは認識していないから、言うはずもなかった。

「少し考えてみてくれないか」

無理強いをしてできることではないから、山藤の意見も控えめだった。

真人は頭を下げて退室した。

やはり無理があったのだ。これ以上は限界かもしれない。深い溜息《ためいき》を吐く。

優衣に対して愛情はない。おそらくこの先も抱くことはないだろう。女性としてではなく、人間として愛そうと思った。けれどそれで満足はしてくれない。真人の勝手な都合だ。

一緒に暮らすまでどうしても女性を抱けないのだと知らなかった。したことはなくても自分がゲイだとは思っていなかったから平気だと思っていたのだ。

今の生活が優衣にとっていいはずがない。少なくとも人生を諦めたような男と一緒にいても優衣が幸せになれる保証はない。

山藤の思惑《おもわく》とは反対に、真人は結婚生活を終わらせることしか考えていなかった。優衣の望む形で、優衣をこれ以上傷つけずに別れる方法。それを探していた。

企画部に戻ると、早速《さっそく》野山が近づいてくる。

「部長、三石《みついし》工業との打ち合わせの件ですが」

午後から出向くことになっている。新規プロジェクトの顔合わせのようなものだ。揃えた資料を交換し合い、挨拶を交わせばそれで終わる。ただ厄介なのはそのためだけに静岡にまで行かなければならないことだった。

「あのもしよろしければ、私と川崎《かわさき》だけで参りましょうか?」

真人の顔色を見ながら、野山が問いかけてくる。

「急になんだ?」

真人は訝しげに問い返す。出張は以前から決まっていたことだし、何より野山が自分からこんなことを言い出すのは珍しかった。

「部長の顔色がお悪いので、その状態で長距離移動はお辛いのではないかと。差し出がましいようですが」

　野山から顔色を指摘されたのは初めてだ。野山だけではない。これまでに誰にもそんなことは言われなかった。常に同じ表情、同じ顔色、それが真人だった。

　原因は千陽だ。ホストクラブに連れて行かれた日から一週間の間に、もう二度も会っている。そして会えば必ず体を求められた。

「部長？」

「あ、ああ、そうだな。君がリーダーなんだから、私が出て行かないほうがいいだろう」

　真人が了解すると、野山はホッとしたような顔で席に戻っていった。

　今までなら絶対にこんな提案は受け入れなかった。仕事を奪われれば真人には何もすることがなくなるからだ。そのために少しでも多くの仕事を引き受けようとしていた。

　午後からの予定が空いた。真人はホッとしている自分に気づく。移動を面倒だと思ったのは確かだ。仕事はもちろん他にもある。決して暇になるわけではないのだが、違うのは帰りの時間が読めることだ。

　人間は感情があるから疲れるのだと、千陽に出会ったことで思い出した。何も考えずに仕事だけをしていたときは、体の疲労感はあっても、心が疲れることはなかった。

　できることなら何も考えずに、ひたすら眠りたい。だが、家に帰れば優衣がいるかもしれないと思うと足が重くなる。

午後からの空いた時間で他の仕事を片づけ、真人は午後七時に会社を出た。

いつもより二時間も早くなったのは、部下たちに対して、疲れてなどいない、平気だという顔を作っているのが辛くなったのだ。

会社のビルを出た途端、真人の携帯電話が鳴り響く。見ないでも相手が誰なのか、真人にはわかっていた。

この一週間というもの、ほぼ毎日のように千陽から電話がかかってくるのだ。今もきっと千陽に違いない。

携帯電話にも着信拒否できる機能があることくらい知っている。真人は画面に『千陽』の文字を見る度にそのことを思い出す。けれど、まだその設定をしてはいなかった。

電話で呼び出されても真人は応じないでいると、千陽は前回のように会社の前で待ち伏せをする。そうされることを真人が嫌がると知っているからだ。もし着信拒否をしたとしても、待ち伏せをされるなら同じことだ。

会社から千陽を遠ざけるためには、言われるまま一緒に行くしかない。最初にホストクラブに連れて行かれたときと同じパターンだ。

今週に入って、月曜と水曜、そうやって真人はラブホテルへと連れ込まれた。まだ店に行かれるよりはマシだ。優衣と鉢合わせする心配だけはしなくていい。

抱かれるたびに体が慣れていく。男に抱かれることを、男に貫かれて感じることを、体が鮮明に思い出す。

会社にも夫婦生活にも未練がないなら、もっと早く、そう初めて千陽に抱かれた直後に逃げ出せばよかったのだ。そうすれば過去の自分に戻らずに済んだかもしれない。

他にすることがないから勉強をして、結果、いい大学に入れた。大学でも勉強以外に何をしていいのかわからず、また何もしたいとは思えなかったから、生活費を稼ぐためのアルバイトに励み、空いた時間は勉強した。おかげで就職先にも恵まれた。会社に入ってからも同じだ。仕事をするしかなかった。

その場その場の生活に歯向かうことをせず、真人は今までそうやって生きてきた。立ち向かう術を知らないのだ。それに、興味のないはずの人間関係でも、迷惑をかけまいと自分を犠牲にしてしまう。真人にはどうしても守りたいものがないからだ。本当なら優衣がしでかしたことで、真人が会社の体面など気にする必要もないし、優衣の今後も自業自得なのに、自分で引き被ろうとしてしまう。

だから、千陽からの電話を無視し続けることができなかった。真人はようやく通話ボタンを押し、耳に当てた。

『早く出ろよ』

第一声は苦笑交じりの声だった。すぐに出なくても千陽はいつも怒らない。真人の葛藤《かっとう》など見抜いているといった態度だ。

「私にも都合がある。いつもいつもすぐに電話に出られる状態じゃないんだ」

真人は歩きながらその電話を受けていた。会社はもう出ている。そう言ったのは千陽を牽制《けんせい》するためだ。

『あんた、まだそんなこと言ってんのか』

千陽ははっきりと声を立てて笑った。

『今から来いよ』

千陽は当然のように誘ってくる。

「そんな義理はない」

真人が素っ気なく返すのもいつものことだ。

千陽の言葉に被さるように、車のクラクションが聞こえた。すぐそばで聞こえているのに、電話からも聞こえた気がする。

『言うと思った』

何気なくその音に顔を向けると、真っ赤なスポーツカーの運転席から千陽が顔を覗かせていた。

そして、真人に向かって携帯電話を振って見せる。

真人は溜息を吐いてその車に近づいていった。また待ち伏せだ。最初から真人の意見など聞くつもりはなく、ただからかっただけだった。

運転席のそばで足を止め、千陽を見下ろす。

「何の用だ？」

この一週間を考えれば、千陽の目的など一つしかない。真人はわかりきったことを尋ねた。

「今日は店を休んだ」

千陽が答えにならない答えを返す。

だからどうしたという言葉は真人は口にはしなかった。休みで時間ができたから、暇つぶしに来たに違いない。

「乗れよ」

まだ会社のビルは見えている。目立つような言い争いはしたくない。真人は言われるまま助手席に乗り込んだ。

千陽はすぐ夜の街に車を走らせた。

タクシーに同乗させられたことはあっても、車内で二人きりは初めてだ。さすがに千陽も運転中はちょっかいをかけてこない。二人きりなのにセックスをしない時間を過ごすのは初めてだった。

「やはりホストは儲かるんだな」

沈黙が気詰まりで話しかけると、千陽は噴き出した。

「この車のことを言ってるんなら、あんたの女房に貢いでもらったんだけどな。しかもごく最近に」

言われてみれば、車内には新車特有の匂いが立ち込めている。千陽が嘘を吐く理由もないから、優衣に買い与えられたのは間違いないだろう。

車に詳しくはないが、百万二百万で買える車ではないことくらいわかる。道理で娘の浪費に慣れているはずの山藤が不審を持ったわけだ。

「面倒なことを頼まれたからな、その礼もあるんだろ」

千陽はさしてありがたいとも嬉しいとも思っていなさそうに言い捨てる。

自分の夫が不能かゲイかを確かめろなどという頼みを面倒の一言で片づけられる神経は、真人の理解を超えている。

「さすが金持ち、外車一台分の出費もわからないんだな」

「俺の稼ぎから出ているわけじゃない」

「親持ちってわけか」

真人はああと頷いて、

「彼女の生活費は義父が負担してくれている」

「生活費？　遊ぶ金だろ」

千陽が嫌みっぽく笑う。

「何に使おうが、彼女の自由だ」

真人は淡々と答えた。

「しかし、聞けば聞くほど、なんでわざわざ結婚したのかわかんねえな」

千陽は不思議そうに言った。

「あの女から話を聞いたときには、てっきり出世目当ての打算が理由だと思ってた。けど、実際のあんたを見たら、少しもギラギラしたところがない。それどころか、どっちかって言うと、投げやりに生きてるだろ？」

ホストも水商売。人を見る目がないとナンバーワンにはなれない。千陽はちゃんと真人の性格を見抜いていた。

「出世か……」

真人は自嘲《じちょう》気味に笑う。

真人の意に反して、誰もがそう思った。真人が出世のために結婚したのだと。

だが、本当は違うのだと知っているのは、真人だけだ。

「何を考えてる？」

黙ってしまった真人に千陽が問いかける。

「君のご両親は？」

「なんだって？」

千陽が驚いたように聞き返してくる。それくらいに唐突な質問だと真人も自覚しているが、千陽を驚かせたことには満足感が湧き起こる。いつも振り回されてばかりだから、ほんの些細《ささい》な仕返しができたような気がした。

「今もご健在か？」

真人は質問の内容を詳しくしてもう一度尋ねた。

「ああ、たぶんな」

「たぶん？」

「もう五年になるか、会ってない」

千陽は懐かしそうな顔も見せずに答え、逆に問い返してきた。

「あんたは？」

「もういない」

真人は短く答えた。

父親は真人が中学に入ってすぐの時に事故で亡くなった。それから真人を女手一つで育てた母親も、真人の高校卒業を待つように病気で亡くなった。僅《わず》かばかりだが生命保険が入り、真人はそれを大学の学費に充《あ》て、生活費はアルバイトで賄《まかな》う生活を送っていた。

「親になる気持ちってのはどんなものだろうと思ったんだ」

千陽に聞かせるためというよりは、自分自身の当時の気持ちを思い返すように、真人は小さく呟いた。

「女を抱けないくせにか？」

千陽がからかうように言った。

どうやら優衣もかつて妊娠していたことまでは話さなかったようだ。だからそれが結婚の理由だとも千陽は知らない。

自分の子供が欲しかったわけじゃない。ただ父親のいない子供を作りたくなかっただけだった。真人自身、女手だけで育てられ、苦労し、辛い思いをした。優衣の子供なら金銭的な苦労はないだろうが、片親で味わう寂しさや辛さを、自分がいるだけで軽減できるなら、それもいいかと思ったのだ。

「やっぱりあんたって支離滅裂だな」

「君に言われたくない」

真人は不愉快な思いで表情を険しくさせた。

「俺が何？」

「俺になど構わなくても……」

「他に女はいくらでもいるってか？」

千陽が真人の言葉の先を読んだ。

店中を従わせるほどのナンバーワンホストの千陽なら、女はよりどりみどりのはずだ。何を血迷って、こんなに何度も自分を抱くのかがわからない。物好きにも程がある。

「女よりも抱きがいがある」

千陽の答えに真人は絶句した。

「ってことで、今日もまた付き合ってもらおうか」

車がウインカーを出し、派手なネオンの輝く建物へと入っていった。千陽とこんな関係になるまでは一度も足を踏み入れたことのなかったラブホテルだ。

今さら何をするつもりだと言うつもりもない。千陽と会えばこうなるのはわかっていて、車に乗り込んだのだ。

結局、今日もまた抱かれた。

慰みなのか、暇つぶしというには頻度が多い。今日でもう五回も体を合わせている。

回数を重ねるごとに、千陽の触れる手が優しくなっているような気がする。慣れたからではないはずだ。

体が行為に馴染み、千陽の腕を忘れる暇がない。

別れるのはいつもホテルの部屋だった。別々に部屋を出たほうが人目につく機会が減る。

初めてラブホテルに入ったとき、千陽は当たり前のように真人の肩を組んで一緒に出ようとした。千陽には男同士でホテルに入ったことを気にする神経はない。だが、真人は違う。万が一にでも知り合いに見られたら、千陽の言いなりになっている意味がなくなる。

別々に部屋を出たいという要望に、千陽は素直に従った。目的は真人を抱くことだから、それ以外のことはどうでもいいようだった。

千陽は先に出て行った。一人残った真人は、もう一度、鏡で身なりを確認する。どこか不自然なところはないか、情事の痕が残っていないか、入念に確かめた。

千陽から十分遅れてホテルを出ると、タクシーが捕まえられる大通りまで歩いた。

もう十一時を過ぎている。自宅に着く頃には日付が変わっているかもしれない。千陽に確認させたにもかかわらず、この一週間、優衣からは何のリアクションもない。だからつい気が抜けてしまった。

深夜0時を少し回ってから、真人は辿り着いた自宅のドアを開けた。そして、思わず息を呑んだ。

玄関にピンヒールのハーフブーツがあったのだ。

優衣が帰っている。

こんな時間だから眠っていることも充分に考えられる。真人は静かに奥へと足を進めた。

そのうち会って話をしなければならないと覚悟はしていたのに、ほんの一時間前まで千陽に抱かれていた体で会うのは後ろめたかった。元々は優衣が仕組んだことだとはいえ、それ以降の千陽との関係は優衣とは無縁なのだ。

リビングの明かりがついていて、ソファに優衣が座っていた。ドアの開くことで、真人の帰宅に気づいたのだろう。顔が玄関へと繋がる廊下に向けられていて、足を踏み入れた途端、きつい視線に出迎えられた。

こんなときだというのに、優衣は綺麗に化粧を施していた。髪もきちんとセットされているし、服装も深夜に自宅でいる格好ではない。

好みの問題はともかくとして、優衣は客観的に見れば美人だ。スリムなのに胸は大きく、スタイルも抜群で、物心ついたときから異性からのアプローチは絶えなかったと聞いている。

「どこに行ってたの？」

優衣が眦をつり上げて詰問してくる。

こんなことを優衣から聞かれるのは初めてだ。互いの生活を干渉しあうようなことはなかったから、真人もこれまで何も言わなかった。

「どうしたんだ、急に」

動揺する気持ちを押し隠し、真人は冷静な顔で問い返す。

仕事だと答えられないのは、社長にでも確認されればすぐに嘘がばれるからだ。嘘を吐くには理由がある。今度はそれを勘ぐられるに違いない。

「やっぱり答えられないのね」

「俺でも一人で飲みに行くことくらいある」

友人がいないのは知られている。披露宴のときに真人の招待客は仕事関係者しかおらず、真人が自ら友人はいないと言ったのだ。

「酒なんて飲まないじゃない」

互いのことなどよく知らないはずなのに、優衣は決めつけた。酒を飲まないわけではないし、飲めなくもない。あえて飲もうとは思わないだけだ。

「千陽と会ってたんでしょう」

優衣がいよいよ本題に入った。

だが、優衣のこの言葉は真人の予想外だった。ずっと離婚を言い出されることばかり考えていた。それに確信を持ったように千陽と会っていると指摘するが、真人はもちろん、千陽も話すはずがない。

優衣が千陽をこの部屋に引き込んでから、もう十日になる。結果を聞いたのはいつだったのか、真人は知らされていないが、車をプレゼントしたのだから、満足のいく結果をもらったということなのだろう。それなら、どうして今日まで何も言わず、しかもようやく切り出した言葉が、千陽と会っていたかの確認をするのが理解できない。

「君がそう仕向けたんじゃないのか」

真人は優衣の真意を探るように、言葉を選びながら答えた。

「知らないわよ。私は確かめてって頼んだだけなんだから」

千陽から教えられて知ってはいたが、あっさりと認めたことに、真人は驚きや怒りはなく、ただ呆れるだけだった。

「千陽に何を吹き込んだの？」

「何を言ってるんだ?」

話の展開についていけず、真人は眉を顰めて問い返す。

「そうじゃなきゃ、どうして私が避けられるの? 店に行ってもいないふりをされるのよ。あなたには会ってるのに、どうして私には会ってくれないの?」

優衣はヒステリーを起こしている。真人が会っていないなどと嘘を吐いたところで、聞く耳を持たないだろう。

それにもう一つ、意外な事実を知らされた。車を買い与えたりしているのだから、てっきり関係は続いているものだと思っていた。千陽も何も言わなかった。

「どうして私よりあなたがいいのよ。男じゃない」

よほど悔しいのか、優衣の目には涙が浮かんできた。

「俺は別に……」

否定の言葉が思い浮かばない。ごまかすように視線を逸らした真人に、

「コレは何?」

優衣が手を伸ばし、真人の髪の先に触れた。

優衣に触れられるのは結婚式の指輪交換以来だ。それくらい触れあうことのない夫婦だった。

「どうして濡れてるの?」

隠し事は許さないとばかりに鋭い視線を向けられる。

鏡で何度も確認をした。どこにも不自然なところがないようにしたつもりだった。千陽に抱かれた後は、シャワーを浴び、汗くささを残さぬよう、髪も洗った。それがいけなかった。自分ではちゃんと乾かしたはずだったのに、襟足が乾ききっていなかった。女性の鋭さで優衣はめざとく気づいた。

「あなたが他に女なんか作れるはずないもの。千陽なんでしょ?」

弁解の余地がなく、真人は口をひらくことができなかった。

「いやらしい。男同士で」

優衣の瞳に嫌悪の色が宿る。

罵倒しながらも、優衣はまだ別れを切り出さない。

今日がいい機会だ。全ての権利は優衣にあると思っていたから、自分からは言い出せなかったが、最後の決断は真人がしなければならないのかもしれない。

「これからのことを話さないか?」

絞り出すように言った真人に、優衣は驚愕の瞳を向けた。信じられないような顔をしている。真人から切り出されるとは思ってもみなかった顔だ。

「このままでいいとは君も思っていないだろう」

「私と別れるつもり?」

優衣が真人の言葉の先を読んだ。優衣もずっとそのことを考えていたからからすぐに出たのだ

と、真人はそう思ったが、

「いやよ。絶対に別れないから」

予想に反した言葉だ。意地になっているとしか思えない。こんな結婚生活に意味がないことくらい、誰にでもわかることだ。たとえバツイチになっても、優衣なら今からでももっとふさわしい結婚相手が見つかるだろう。

「聞くんだ、優衣」

「気安く呼ばないで」

優衣の態度は硬化している。

一度も自分に触れなかった夫がゲイだったとわかった。しかもそれを確かめさせた浮気相手は、自分を避け、男である夫に関心を持った。優衣でなくともプライドはズタズタになって当然だ。

「もう二度と千陽に会わないで」

優衣は真人が自分の意思で会っているのではないことを知らない。真人に拒否できない立場にあることを知らない。

「わかった」

けれど真人はそう言うしかなかった。

用は済んだとばかりに、優衣は部屋を出て行った。ここは優衣の自宅でもあるのに、真人と一緒にはいたくないという意思の表れだ。

一人残された部屋で、真人はソファに座り込む。さっきまで優衣が座っていた場所はまだ暖かみが残っている。

優衣が離婚をしないというのなら、それでもいいとずっと思っていた。だから流産した後もそのままでいたのだ。だが、本当にそれでいいのか。

思考をやめ、感情をなくした真人に、千陽がそれらを吹き込んだ。

真人と優衣の結婚生活は、うまくいっていたわけではないが、お互いに無関心でいるため、波風は立たない暮らしだった。

それは真人に感情がなかったからだ。他の人間ではとても我慢できる生活ではなかっただろう。

今になってそれがわかった。

4

会わない約束はした。けれど、千陽からやってくるのでは避けようがない。

週が明けた月曜日、また千陽はやってきた。会社の近くで待ち伏せをされたのだ。

もう会わないと言わなければならない。優衣から言われたのだと千陽に打ち明けなければならない。なのに、その日は最後まで言えなかった。

別れ際、千陽は不思議そうな顔をした。

「どうしたんだ、あんた」

急にそんなことを聞かれ、真人は返事に困る。

「寂しそうな顔をしてる」

「俺が？」

言われたことのない言葉に真人は驚く。

「俺と別れるのが寂しい？」

千陽はいつもの調子でからかうように言った。

またラブホテルで情事を重ね、千陽が先に出ようとしていた。千陽はここでの別れを真人が惜しんでいるのだと思ったようだが、真人はその言葉に胸が痛くなった。

千陽に会わないようにするということは、千陽と別れることだ。その前に付き合っているわけではないが、二人の関係を言い表す言葉が見つからない。

「馬鹿なことを」

否定した言葉に力はない。おまけに真人は不自然に視線を逸らした。

この胸の痛みは、千陽と別れたくないからなのだろうか。まさかだ。人に頼まれて自分を犯した男を求めるなど馬鹿げている。

「ま、どうせまたすぐに会うんだしな」

真人の態度を気にも止めず、千陽は先に帰っていった。これから店に出るのだから、あまり長居はしていられないのだろう。ナンバーワンホストの千陽が店にいるといないとでは、売り上げが大きく変わるらしい。いつだったか、寝物語に教えてくれた。

千陽との会話が多くなっていた。体だけを求められていたことから比べると格段の差だ。千陽は何かと真人に話しかけ、真人がそれに答え、そうやって話が続いていく。仕事以外でこんなに人と話すのは十五年ぶりだった。

もう十年以上、人と深い付き合いをしてこなかった。あるのは仕事上の付き合いだけだ。ずっとそれでいいと思っていたのに、千陽と関わりをもってしまったせいで、寂しいという感情を思い出してしまった。千陽が訪ねてこないときは、仕事以外では誰とも話さない。それが寂しいことだと知ってしまった。

これまで仕事以外で人と話すことがほとんどなかったのだと、千陽と会うようになって気づいた。

真人はベッドの上で千陽を見送った。まだ何も身繕いを直していない。以前のように急がなければとはもう思わなくなった。

明日が休みならこのまま泊まってもいいのだが、まだ月曜で週が始まったばかりだ。朝、自宅に一度着替えに寄るほうが面倒で、真人はのろのろとベッドから這い出した。

優衣は相変わらず部屋には寄りつかない。顔を合わせば離婚を切り出されると、話し合いを拒否しようとしているのだろう。

早く何もかも終わらせたかった。そうすればこうやって会社に行くために一度家に戻らなくてはなどと考えなくて済む。

千陽はいろんなことに気づかせた。真人が本当は仕事が好きだったわけではないこともだ。したいことができれば、他のことが面倒になるものだと知らなかった。

それが自分を暇つぶしにしか思っていない千陽との逢瀬《おうせ》だというのが、滑稽《こっけい》だった。いっそ何も気づかせないままでいて欲しかった。寂しいなどという感情も、なくしたままでいれば気にならなかった。

それからさらにダラダラと無駄に時間を過ごし、自宅に戻ったときには午前二時を過ぎていた。

それでも優衣は帰っていなかった。

一緒にいないのが当たり前、それでも離婚をしない優衣の心境は真人には計り知れない。

千陽は隔日でやってくる。それに何の理由があるのかは知らないが、前回会ったのが月曜で、今日は水曜だから、先週と同じなら千陽の呼び出しがあるはずだった。

朝は八時には出社し、退社は午後九時を過ぎてから、入社以来、ほとんど崩れなかった生活スタイルが先週から変わり始めていた。出社時間は同じだが、退社が徐々に早くなっていく。今日など七時前には帰り支度を始めていた。

いつ千陽から呼び出されてもすぐに応じられるようにだ。

「お疲れさま」

真人は部下たちに声をかけ、返事も待たずに先に部屋を出た。

男性社員はまだ誰一人、帰社していない。真人の課では、仕事熱心な上司がいるために、定時では帰りづらい雰囲気になっていたからだ。

初めてそうしたときはかなり驚かれたが、二度目三度目になると部下たちも挨拶を返してくるだけで特別な反応は見せなくなった。もっとも帰った後に、最近何があったのだと噂されているらしいことは知っているが、彼らが真相に気づくことはないだろう。

千陽からの電話はまだない。

ビルの外に出て、真人は歩調を緩める。通りに出るまでに千陽を見つけられなければ、今日は来ていないということだ。だから時間稼ぎをするために、社内ではありえない遅いスピードで歩いていく。

「よっ」

歩道のガードレールにもたれて千陽が立っていた。真人は表情は変えていないが、少し胸が弾んでいるのを気づかずにはいられなかった。

「今日も出勤前の暇つぶしか？」

真人はわざと素っ気ない口調で問いかける。来てくれて嬉しいと思っていることなど、言えるはずもなかった。

「ま、そんなトコ」

千陽は立ち上がり、真人の隣に並んだ。

以前よりも人の目を気にしなくなった。男同士が歩いていても誰もそれほど気にしないと千陽に笑われたからだ。指摘され、確かにそうだと真人も納得した。これまでは後ろめたいという気持ちが大きすぎて、考えすぎていただけだった。

一緒に歩きだしながら、千陽が口を開く。

「いつもホテルばっかだから、今日は違うトコに行くか」

意見を求めているわけではない。決定権は常に千陽にある。千陽が口にした段階で、それはもう決定事項だった。

千陽は走ってきたタクシーを手を挙げて停めた。真人はこれまでに一度も、千陽が電車やバスを使っているのを見たことがない。金遣いが荒いように感じるのは、ホストだからという偏見のせいかもしれないが、東京で移動するなら電車が一番だ。これだけ渋滞がひどいと、車は時間が読めないのが嫌だった。

千陽が運転手に行き先を告げる。ホテルの場所はいつも同じではなかったが、だいたいどの辺りという、千陽のテリトリーのようなものがあった。今日はそこから外れていた。

「今日はずいぶんと早くなかったか？」

珍しく千陽がタクシーの中で話しかけてくる。

「仕事のキリがよかったからな」

「へえ、キリがねえ」

見透かしたように笑われる。

一昨日は七時半、今日はまだ七時、立て続けに早く帰るのがおかしいと思い始めても不思議はなかった。

「最近、暇なのか？」

「部下にも仕事を任せるようになったから、少し楽になっただけだ」

「あんたが部下に？」

千陽は意外そうに問い返した。

運転手はずっと黙っているが、二人の関係をいろいろと考えていることだろう。どうみてもホストで年下の千陽が、年上サラリーマンに対してこの態度だ。

「いつまでも私が上司というわけではないからな」

クビになるのも時間の問題だと言葉にはしなかったが、千陽は気づいたようだ。それきりその話題には触れなかった。

それから四十分、タクシーは走り続け、その間、会話はなかった。

千陽がタクシーを停めたのは、とあるマンションの下だった。

「ここは？」

車外に出て、マンションを見上げながら真人は尋ねた。

「俺のマンションだ」

千陽は短く答えて、さっさと先を歩いていく。ついてこいということなのだろう。まさか自宅に招かれるとは思わなかった。

プライベートに他人を立ち入らせない。真人は千陽に対して勝手にそんなイメージを抱いていた。

五階建のマンションの四階に千陽の部屋はあった。外観も豪華とは言えない作りだったが、中に入ってもその印象は変わらない。

１ＤＫのシンプルな部屋だ。真人が独身時代に住んでいたところとそう変わらない。貢がれたのであろう装飾品の数々が、無造作に棚の上に置かれてはいるが、テレビすらない部屋は質素で空虚な雰囲気を与える。

「適当に座ってろ」

千陽はそう言い置いてキッチンへと向かう。

そうは言われたものの、ソファーもクッションすらなく、どこに座るか真人は視線をさまよわす。

窓際にベッドが置かれ、壁にはローチェストが、反対側の壁には何もない。ダイニングにもテーブルセットなどなく、唯一のテーブルは床に置かれた安っぽい折りたたみテーブルだけだった。

真人は仕方なく、その前に座った。

千陽がミネラルウォーターのペットボトルを二本手に持ってきた。

「ほら」

差し出されて受け取りはしたが、グラスは渡されなかったし、千陽はもう一度取りに行こうともしていない。このままで飲めということだ。とても客をもてなす態度ではない。

千陽は向かいに腰を下ろす。

「どうして俺をこの部屋に連れてきたんだ？」

真人はどうしても理解できなくて尋ねた。

「どんな反応をするかと思ってな」

千陽の言葉に真人は首を傾げる。

「あんたはほとんど表情を変えないからな。珍しいことをしてみれば、少しは驚くだろうと思った」

つまり千陽は真人の驚く顔が見たかったということらしい。千陽は誰よりも真人の表情の変化を知っているはずだ。それに、知ったところで意味のないことのはずだった。

「君のすることにはいつも驚かされている」

真人は正直に答えた。

「なら、それらしい顔をしろよ」

「していないか？」

真人は今が精一杯だと伝えた。

「よがってるときはあんなに顔が変わるのにな」

そのときのことを思い出し、真人は顔を伏せる。抱かれている間は忘れているが、まだ始めていない状態では恥ずかしい。

「だからそういうときは、もっと恥ずかしいって顔を見せろよ」

怒っているのではなさそうだが、呆れているように聞こえる。

千陽は真人の顎を摑み、顔を上げさせる。

「俺のを銜《くわ》えこんでるときのあんた、すげえいやらしい顔をしてるって知ってるか？　男が欲しくて仕方ない、もっと突き上げてほしいって……」

「黙れ」

真人は千陽の手を振り解き、言葉の辱めを止めた。目元を赤くし、睨み付ける。

「そうそう、そういう顔」

千陽は満足げに笑った。

「本当はもっと驚かせることがある」

千陽はニヤリと笑った。

「今日の昼、あんたの田舎に行ってきた」

唐突なことを言い出す。真人ももう十年以上寄りついていない町だ。家族もいないし、家もない。懐かしさは全くなかった。

「俺の田舎なんて、どうして君が知ってるんだ?」

「そりゃ、調べたに決まってんだろ」

千陽はこともなげに答える。

個人情報保護だとか声高に叫んでいても、情報はどこかから漏れるものだ。真人も特別出身地を隠そうと努力はしていないから、調べるのは難しくはなかっただろう。ただ、その目的がわからないだけだ。

「おかしな噂を耳にしたんだけどな」

思わせぶりな言葉に、真人の頬がぴくりと動く。忘れ去ったつもりでいた過去が呼び起こされようとしている気がする。

「あんたが高校生のとき、従兄弟《いとこ》が事故死したらしいが、実はあんたが殺したんじゃないかって言う奴がいた。だからあんたは逃げるようにあの街からいなくなったんだってな」

その話かと真人は思い当たる。そんな噂は確かに当時からもあった。事故死としか言えない状況で、警察もそう判断していたのに、噂はしつこく消えなかった。

「実際のところどうなんだ？　あんたが殺したのか？」

単刀直入な尋ね方に、真人は初めて笑顔を見せた。

「まさか。だったら俺はここにはいない」

日本の警察はそれほど馬鹿ではない。そんな噂があったから、実際、真人は事情聴取を受けたのだ。あくまで念のためにで、本気だとは思われない態度だった。

従兄弟は無免許の癖に親の車を持ち出し、暴走し、ガードレールを突き破って崖下に転落した。即死だった。車にはどこもおかしなところはなく、従兄弟からは多量のアルコールが検出された。そのとき真人は入院している母親の病室にいたのだ。

「相当、苛められてたらしいじゃないか。奴隷扱いだったって？」

「従兄弟の親に金銭的援助を受けていたからな」

これくらいは調べているだろうと、真人は正直に認めた。

「母親しかいなかったんだってな」

「あまり体の丈夫な人じゃなかったから、きつい仕事は無理だし、一日中立ちっぱなしの仕事もできなかった」

母親が働いて得る報酬は僅《わず》かだった。親子二人で暮らしていくには、かなりの節約をしなければならず、まさに爪に火をともすような生活だった。

「貧しい暮らしだったたってわけだ」

「ああ、かなりな」

父親は真人がまだ十二歳のときに病死した。それからは母一人子一人で育ったが、僅かばかりの貯金も父親の死で得た生命保険もすぐに底をついた。結果、母親の兄に頼るしかなかった。

真人にとっては叔父夫婦の家には、真人と二つ違いの一人息子がいた。

「その従兄弟が、あんたの初めての男か？」

千陽は躊躇《ちゅうちょ》することなく、ずばりと核心をついてくる。

「初めても何も、俺はあの男以外には君しか知らない」

真人は自嘲気味に告白する。

たぶん、疲れていたのだ。ずっと秘密にしていた事実は重すぎた。それに千陽に何度も抱かれ本性を知られた今となっては、隠すことでもない。

「その様子じゃ、相当ひどいことをされていたようだな」

「いろんなことの捌《は》け口にされていた」

思い返すだけでも表情が歪む。

「それでも同居していないときはよかったんだ。俺たちは安アパートで暮らし、資金援助だけをしてもらっていた。学校に行けば従兄弟はいる。中学生までは使いパシリに、サンドバッグだった」

殴られた痕を隠すのに苦労した。母親には心配をさせたくなかったからだ。

「最初に関係を持ったのは？」

千陽は遠慮なく尋ねてくる。

「俺が高校生になったばかりの頃だ。母が倒れ、入院することになって、俺は従兄弟の家に居候《いそうろう》することになったんだ。その初めての夜に、従兄弟はいきなり襲いかかってきた」

叔父夫婦は裕福だった。突然増えた居候のためにも個室を用意してくれたが、そこに従兄弟は忍び込んできた。夜中だった。一階には叔父夫婦が寝ている。声を上げれば助けてもらえる。けれど、従兄弟は言葉で抵抗を封じた。誰のおかげで生活できているのだと脅し、逆らえなくしたのだ。

自慰すらも知らなかった幼い体は、犯されたショックで二日寝込むことになった。けれど、真人はその理由を誰にも話さなかった。話せば、この家を追い出されるだけでなく、母親の入院費用もだしてもらえなくなるからだ。

「いつでもどこでも、従兄弟がやりたいと言えば俺は自分で服を脱がなきゃいけなかった。家はもちろん、学校でもだ」

学校のトイレで初めて犯されたときには悔しくて涙が止まらなかった。汚いタイルの染みは今でも記憶に残っている。

だがやがて諦めが大きくなり、どこで何を強要されても真人は何も思わなくなった。ただ体だけは快感を覚え反応を示す。従兄弟はそんな真人を淫乱《いんらん》だと罵ったのだ。

「そんな生活が一年近く続いた」

「事故死で終わったってわけか。その従兄弟が死んだのは高校三年の冬だっけな」

千陽は本当によく調べていた。

従兄弟の事故死でようやく解放されたものの、人間としての尊厳を踏みにじられ続けた生活は、真人の心に深い傷を残した。そのときから、真人の時間は止まったのだ。

「周りはどこまで知ってた？」

「セックスをしてるとまでは思ってなかっただろうな」

「従兄弟の親は？」

千陽が疑問に思うのも当然だ。同じ屋根の下にいて、頻繁に関係を持っていれば、気づいてもおかしくない。

「さあ、言われたことはないが、知っていたかもな」

両親のいる同じ家の中で数え切れないくらいに犯されていたのだ。いくら声を防いでいても、ベッドの軋む音が階下にも響いていただろうし、何より布団やシーツの汚れを綺麗にしていたのは母親だ。気づかないはずがない。

真人は荒れる息子に差し出された生け贄《にえ》だった。被害は全て真人に及ぶように、そうしていれば自分たちは安全だと、叔父夫婦は見て見ぬふりをしていたのだろう。実際、家族揃っての食事は、白々しいほどにホームドラマのようだった。全員が演技をしていると、全員が気づいているという茶番劇だ。

「母親の命が人質じゃ、逃げられなかったってのはわかるが、だったら殺したいとは思わなかったのか？」

千陽はまるで自分ならそうするとでも言いたげな口調だった。

「殺す気力もなかった」

現実をただ黙々と受け入れ、終わる日が来ることも考えなくなっていた。陵辱の日々は気力すら奪い取った。

「それ以来、誰とも接触を断ってきたってわけか」

千陽は納得したように言った。

「どうしてわざわざそんなことを調べた？　それも優衣に頼まれたのか？」

隠していた過去を掘り起こされ、怒りよりもどこか安堵に似た気持ちがあった。知られてしまえば隠す必要がなくなるからだ。

「いや、ただの暇つぶし」

千陽はあっさりと答える。

「君はただの暇つぶしで人の過去をほじくり返すのか」

真人は呆れかえった。そういえば、誰かに対してこんな感情を持つのは初めてだ。どんなに仕事のできない社員がいても、それだけの能力しかないのだと思うだけで、それ以上の何の感情もわかなかった。千陽は真人からいろんな感情を引き出させる。

「俺がこの世界に入ったのは三年前だ。それまでは何をしていたと思う？」

急にそんなことを聞かれても答えられるはずがない。年齢から考えれば大学生かと答えてみると、千陽は頷き、日本の最高学府の大学名を口にした。

「そこの学生だった」

勉強に明け暮れていた真人でも、そこには入れなかった。その肩書きだけでも就職先が見つかりそうなのに、千陽はそうはしなかった。

「それがどうしてホストに？」

さっきまでは真人が質問攻めだった。今度は真人がする側に回る。

「たいした受験勉強をしなくても、誰もが難しいと言う大学に入れたんだ。人生なんてこんなものかと舐めてしまうだろ？」

問いかけておきながら千陽は真人の返事も待たずに話を続けた。千陽が言うには、これまでの人生で何をしても困ることがなかった。なんでも簡単にできてしまうからすぐに飽きてしまう。人生においてもそうだった。

過去の千陽など知らないが、なんとなく納得できた。恵まれた容姿に、持って生まれた能力、それらがあるだけで、生まれたときから他者より優位に立てるのだ。

「あんたは俺と対照的な人生を送ってきた。何をやってもうまくいかない。自分の思い通りにはならない人生だ」

千陽の言うとおりだ。そして、真人は人生などそういうものだと諦めていた。

人生に飽きた男と、人生を諦めた男。

奇妙な偶然が二人を引き合わせた。

「だから俺はあんたに興味を持ったんだよ。あんたを見てると暇を持て余さなくて済む」

「俺は君の暇つぶしに付き合うつもりはない」

「なんで？　あんたも暇を持て余してんだろ？」

千陽は不思議そうな顔をしながらも、間違いないはずだと決めつける。

「俺は仕事が……」

真人はその先を続けることができなかった。いくら引き継ぎ作業をしているとはいえ、以前のように仕事に熱意をもてないのは、それだけではない。

「他にすることがねえから、仕事をしてるみたいに見えたんだけどな」

千陽は何もかも見抜いていた。

「だから俺を待ってたんだろ？」

千陽は真人の行動など見透かしていた。会社帰りに千陽がいないかと楽しみに思う気持ちを読まれていた。

千陽が真人の肩に手を置き、床に押し倒す。

「今までと違うことしてみる？」

真上から顔を覗き込んできた千陽が、思いがけず優しい笑みを浮かべる。

「違うこと？」

真人は戸惑う。抱かれるのならやり方が違えども結果は同じだ。

けれど、千陽はゆっくりと顔を近づけてくる。真人は目を閉じることもできなかった。予想をしていなかったからだ。

真人は目を開けたまま、千陽の唇を受け止めた。

千陽と口づけを交わすのはこれが初めてだ。

千陽はそのまま体重を預けてくるだけで、キス以上のことをしてこない。初めて、人の肌は温かいものなのだと知る。

鼓動が重なり合う。物音のしない部屋で静かな時間が流れる。

こんな時間の過ごし方もあるのだと、真人は穏やかな気持ちになれた。

静けさを打ち破ったのは、無機質な電子音だった。携帯の着信音だが真人のものではない。

千陽はしばらく無視していたが、一度切れてもまたすぐに鳴り出すことに、舌打ちして体を起こした。

画面を見た千陽は、電源を切ってベッドの上に携帯電話を放り投げる。

「いいのか？」

真人は寝ころんだままで尋ねた。ホストなら仕事の誘いも多いはずだ。真人に関わっているよりもそちらに行ったほうがいいのではと言葉に匂わす。

「そっちこそいいのか？」

千陽がニッと笑って逆に問い返す。もう覆い被さってはこず、床に座り直した。真人も体を起こす。

「何がだ？」

「今の、あんたの女房だよ」

相手が優衣でも仕事の誘いであることは間違いない。優衣は千陽の客だ。ホストは店以外の付き合いもしなければいけないものだと聞いたことがある。

優衣は千陽に避けられていると言っていた。千陽は今のようなことを繰り返していたのだろうか。

「ま、あんたがいいって言っても、俺はもう会うつもりはないけどな」

千陽が答えをくれた。やはり優衣とは会っていないらしい。

「どうして？」

「今はあんたといるほうが面白い」

千陽は笑ってみせる。嫌みでもからかうような色もない。素直に笑っているだけの笑みに、真人は戸惑う。

「彼女とはいつから会ってないんだ？」

真人は探るように問いかけた。

優衣から詰問され、千陽と会うなと釘を指されたのは先週の金曜だ。

「いつから？　会ってないことは知ってるわけだ」

千陽は真人が優衣と会ったことを察したようだが、それ以上の追及はしてこなかった。

「いつからだったか……」

千陽は記憶を辿《たど》っている。

「ああ、あんたがゲイだって教えた日からだな」

以前に真人を店に連れて行ったときも、優衣を避けるように奥へと引っ込んだ。真人を庇《かば》うためなら真人だけを追い立てればよかったのだ。

「おっと、そろそろ出勤時間だな」

千陽が腕時計を見ながら立ち上がる。その時計すら誰かのプレゼントだろう。高級ブランドのものだとわかる。

午後九時になろうとしている。ここから新宿まではタクシーで一時間近くかかる。以前に会社前に迎えに来たときにも九時過ぎだったから、開店時間はともかく、千陽は十一時くらいまでに店に入ればいいということのようだ。

「一緒に出るか？」

「当たり前だろう」

「別にここで俺の帰りを待っててもいいけど」

また真人を驚かせようとしているのか、千陽は意外なことばかり言い出す。

「君が帰るのは朝じゃないのか？」

店の営業時間は朝の五時までだと以前に言っていた。

「あんたに仕事がなけりゃな、戻ってきてから濃厚なのを一発ってのもアリなんだけど」

千陽は残念そうに言った。

今日はセックスをしていない。千陽と会ってキスだけで終わったのは初めてだ。それでも物足りなさはない。キスで欲望に火を付けられるのではなく、落ち着いた気持ちになれた。

「ま、また明日にするか」

「明日は何か用があるんじゃないのか？」

「俺が？」

千陽はまた意外そうに問い返す。

「いや、君はいつも隔日に俺のところに来るから……」

先週はずっとそうだった。月水金と千陽は顔を見せた。

「毎日だと体がきついだろ？」

この台詞が今日一番、真人を驚かせた。

強引なくせに、仕事に支障を来たさないよう、気遣ってくれていたというわけだ。そういえば、千陽は一度も仕事中にすぐ出てこいなどと横暴なことは言わなかった。

真人にとっては仕事しか拠《よ》り所がなかったから。まるでそれをわかっていて、その場所をなくさないようにしてくれている気がした。

「あ、ありがとう」

思わずそんな言葉が口をついて出ていた。

「まさか礼を言われるとはな」

千陽が呆気にとられ、それから笑い出す。嫌みな笑顔ではなく、初めて見る優しい笑顔だった。

「じゃ、そろそろ出るか」

「あ、ああ」

頷いたものの、真人の腰は上がらなかった。あの部屋に帰りたくない。

「でも……」

真人は口を開いてはまた閉ざす。

「なら、いろよ」

千陽はまた先を読み、真人にそれ以上言わせなかった。

「腹が減ったら、近くにコンビニがあるから、そこで何か買ってくればいい。鍵はここに置いておく」

千陽はそう言い残して、一人で出て行った。

部屋で誰かの帰りを待つのは中学生のとき以来だ。仕事で遅くなる母親を待っていた。

一人残されても寂しくない。帰ってきてくれるのがわかっているからだ。

嬉しいと思うくらいは許されるだろうか。千陽の気まぐれに喜ぶくらいのことはしてもいいのだろうか。

朝まで戻らないとわかっているのに、真人はいつ千陽が戻ってきてもいいように、一歩も外には出なかった。


玄関の扉が開く音がして、真人は目を覚ました。カーテンの隙間からは朝日が差し込んでいる。だからそろそろ自然に目覚める頃だったのだ。

足音が近づいてくる。真人は目を閉じ、眠ったふりをした。おかえりと言うのが気恥ずかしかったのだ。

真人は床で寝ていた。無断でベッドを借りるのは申し訳ない気がして、それでも寒いから毛布だけは借りた。

足音が真人のそばで止まる。微かに笑ったような気がする。

毛布ごと抱き上げられ、驚いて真人は目を開けた。

「なんで床なんかで寝てんだよ」

いきなりそう言ったのは、千陽が狸寝入りに気づいていたからに違いない。

「ベッドを使うのは……」

「誰ともここでは寝てねえよ。安心しろ」

「そんなこと聞いてない」

まるで見えない女の陰に嫉妬したかのように言われ、真人はムッとするが、千陽は楽しげに笑うだけだった。

千陽は真人をベッドに横たえる。

「ここで寝ててくれりゃ、寝込みを襲いやすかったのに」

「場所なんか気にするような人間か？」

ホストクラブのトイレで立ったまま犯した男が、そんなことを気にするのかと、真人は指摘した。

「あれはプレイの一環だろ」

「プ、プレイって……」

「あんただって興奮してただろ？」

千陽が毛布を剝ぎ取り、いきなり真人の中心へと手を伸ばした。

上着とネクタイは外したものの、シャツとスラックスは身につけたままだ。店でのときと同じように、スラックスの上から優しく揉まれる。

「硬くなんのが、すげえ早かったよな？」

「違う、そうじゃない」

「外に声が聞こえるって言ってんのに、喘ぐのを我慢できないくらい感じたんだよな？」

真人は頭を振る。あれは強烈な体験だった。記憶が体を熱くする。

もう男に抱かれた記憶は千陽とのものしかなくなっていた。一つ一つが濃厚で、ホストの千陽の手管に高校生の従兄弟が敵うはずがない。

シャツのボタンが外される。急いでいるようでもないのに、仕草は滑らかで、あっと言う間に肌が剝き出しになった。

「赤くなってる」

千陽の視線の先には真人の胸の尖りがある。

「それは君が……」

その先の言葉を言いよどむ。三日前、千陽はそこを執拗《しつよう》に嬲った。腫れていたくなるほどだった。翌日はシャツを着るだけで擦れて痛かった。

「あんたがあんまり喜ぶから、つい、やりすぎた」

「俺はそんなことっ……はぁ……んっ……」

指先で弾かれ、虚勢は嬌声に変わる。

「ほらな」

千陽はクッと喉を鳴らす。

千陽には体中全て知り尽くされている。どこをどう触れれば真人が泣くのか、何度も抱き合ったせいで知られてしまった。

千陽は胸に顔を埋め、この間と同じように舌先で尖りを弄ぶ。

「あっ……はぁ……」

真人は嬌声を堪えなかった。今さら取り繕ったところで、千陽に笑われるだけだ。

千陽は手際よく真人の下肢からも邪魔なものを取り払う。まだスーツを着たままの千陽に対して、真人は全裸になっている。

ホテルでの何度かの逢瀬では、千陽も脱いでいた。

真人が千陽の上着を摑むと、千陽はそれで気づいたのか、一度体を起こし、見せつけるように服を脱いでいく。カーテンの隙間から差し込む光だけが、それを映し出す。

千陽の中心は既に猛っていた。いつの間に用意していたのか、手にはコンドームが握られている。それを装着する姿に、真人の目は釘付けになった。

「そんな物欲しそうな顔すんなって」

千陽が苦笑する。

「すぐに欲しいだけやるから」

千陽はベッドから一度降りて、何かを取りに行く。帰ってきたときには手にボトルを持っていた。

両脚を胸に着くほど折り曲げられ、秘められた奥が千陽の目に晒される。

「持ってろ」

自ら足を抱えろと命じられる。千陽に愛撫を受けるためにだ。

真人は焼け付くような羞恥に襲われ、全身を朱に染めながらも、のろのろと手を移動させた。

ベッドの上での千陽の命令には逆らえない体にされていた。

濡れた千陽の手が双丘に触れた。冷たさを感じないのは、手で温まるのを待ってから濡らそうとしているからだ。こんなところにも千陽の気遣いを感じる。

言葉では辱められるが、人格を否定するのではなく、昂ぶらせるためのスパイスだ。

「ふ……はぁ……」

周囲を揉みほぐす指の動きに熱い息が漏れる。

「すげえ、ひくついてる」

指先が襞を突き、真人は身を竦ませる。

「あ……んっ」

押し入れられた指が喘ぎを押し出す。巧みに真人を煽《あお》りながらも、押し広げる動きも同時にこなす。

千陽はどこでこんなテクニックを身につけたのか。そんな資格はないのに、千陽の過去の経験に嫉妬にも似た思いがよぎった。

「男にここまでしてやるのは初めてだな」

千陽が独り言のように呟く。

「なんでだろうな。とことん感じさせてやりたいって思うのは」

真人が潤んだ瞳で見上げると、千陽は照れ笑いのような顔が霞んで見える。

「まだ早い」

思わず締め付けてしまったのを千陽が揶揄する。もういつもの顔に戻っていた。

「もっと柔らかくしなきゃ、俺のが入らないだろ」

「ふぅ……」

二本の指を突き入れられても苦痛や圧迫感はなく、むしろ喜んで招き入れている。早く欲しいと淫らな体が求めている。

千陽は丹念に中を解す。初めてのときにも傷つけるような抱き方はしなかった。まだ足りない。もっと大きなものが欲しいと、腰が揺らめく。

「焦んなよ」

千陽は笑いながら空いている左手を真横に伸ばした。何をするのかと思う間もなく、カーテンが勢いよく開けられた。はっきりと朝日が差し込んでくる。

真人の視界に、味気ないコンクリートの外観が飛び込んでくる。

「何……？」

真人は唖然《あぜん》として問いかける。どうして急にカーテンを開けたのかわからない。

「いやさ、外から見えるかなと思って」

千陽は指を中に入れたまま外を見上げる。真人はビルの窓を凝視して、慌てて膝を抱えていた手を離し、顔を隠した。

「恥ずかしいと興奮するんだろ？　今、指を締め付けた」

まだ午前六時前だ。マンションではなくオフィスビルのように見えるから、出勤時間にはまだ早いが、急に落ち着かなくなる。

「閉めてくれ」

真人は顔を逸らしたまま懇願した。

今は誰もいなくても、いつ姿を見せるかしれない。こんな霰《あられ》もない格好を人に見られるなど到底考えられない。

千陽は指を引き抜いた。やめてくれるのかとホッとしたのも束の間、両膝の裏に手を添えられ、思い切り割り広げられる。

「嫌だっ……」

真人は身を捩《よじ》る。

「大丈夫だ。見られてようが、あんたがどこの誰なのか誰も知らないんだ。何を気にすることがある？」

真人は腕の隙間から千陽に視線を向ける。熱い瞳に捕えられ、腕が顔から取り払われる。千陽の瞳にはそんな力があった。

「思い切り乱れて、本当のあんたの姿を見せつけてやれ」

千陽はグッと腰を押しつけてきた。熱い昂ぶりが後孔に押し当てられ、それが中に押し込まれる。

「あぅっ……」

真人は衝撃に背をしならせた。

激しく揺さぶられるうちに、すぐにカーテンが開け放たれていることも忘れた。快感だけを追いかけるのに夢中になる。

突かれて声が漏れ、抜かれては嬌声を上げる。

真人の中心は限界にまで張り詰めていた。

「や……もうっ……」

真人は限界が訴える。

「イキたい？」

問われて何度も頷いた。イカせてほしいと声にも出して訴えた。

「いいだろ」

達する直前、千陽が背を屈め、顔を近づけてきた。

二度目のキスを交わした瞬間、二人は同時に達した。真人の迸《ほとばし》りが互いの腹を濡らす。

心地よい満足感があった。真人は深い呼吸を繰り返し、鼓動を落ち着かせる。

千陽はゆっくりと自身を引き抜き、真人の隣に並んで横になった。

「約束は果たしたな」

「約束？」

「戻ってきたら、濃厚なのを一発って言っただろ？」

「やりすぎだ」

真人は頬を赤らめ、力ない抗議をした。拒否はしなかったが、これから仕事に行こうという人間には激しすぎた。

「もう七時を過ぎてるじゃないか」

真人は千陽が腕に着けたままだった腕時計を見て、体を起こした。

「会社に行くのか？」

「当たり前だ」

本当は休みたかったが、まだクビになったわけではないのだ。真人には責任がある。

「結構タフだな、あんた」

千陽は快活に笑う。

「シャワー、使うんだろ？　そっちだから」

千陽は無理強いはしないし、会社に行くなとも言わない。それどころか、これから出勤する真人には必要だろうとシャワーも貸してくれた。

終わった後に裸を見せるのは抵抗があって、真人は千陽に背中ばかりを向けてベッドから這い出し、逃げるようにバスルームに飛び込んだ。その背中に千陽の笑い声がかけられる。おそらく今さら恥ずかしがるなと笑っているのだろう。

バスルームも部屋と同じで簡素な作りのユニットバスだった。バスタブに入り、真人は髪を濡らさないよう気をつけて、体を洗い流した。千陽は毎回コンドームを着けてくれるから、中まで洗い流さずに済むのは楽だった。

シャワーを手早く済ませたものの、千陽に脱がされた服を持って来るのを忘れていた。真人はバスタオルを腰に巻いた姿で、千陽の元へ戻る。

千陽はすでに着替えていた。ジーンズにTシャツと、真人が初めて見る千陽のラフな姿だった。今まではいつも店へ行く前か終わりに会っていたから、ホスト姿以外を知らなかった。こうしてみると年相応の若者に見える。

「ほら、あんたの着替え」

千陽はベッドの下に散らばっていた真人の服を一つに纏《まと》めていてくれた。下着から身につけようにも千陽がじっと見つめている。真人は千陽に背中を向け、バスタオルを落とした。

「今さら、着替えを隠すか」

千陽がクッと喉を鳴らして笑う。

「君がじっと見るからだ」

今も背中を向けていてるのに、痛いくらいに視線を感じる。錯覚ではないはずだ。

「感心して見てんだよ。そんな小さなケツしてんのに、俺のをがっちり銜え込むんだからすげえなって」

「馬鹿なことを……」

真人が怒って振り返ると、千陽はしてやったりの顔で笑っている。今の下品な台詞は真人を振り向かせるための手段だった。

「そうそう、そうやってこっち向いて着替えろよ」

意識するから余計なことを考えてしまうのだ。真人は何も考えないよう、意識を他に逸らし、手早く服を身につけた。

「送っていってやるよ」

真人が着替えるのを待って、千陽が切り出した。

「車で？」

「他に何がある？」

「飲酒運転になるだろう。遠慮しておく」

千陽が帰ってからまだ二時間足らずだ。店でどれだけの量の酒を飲んだか知らないが、飲まなかったとは考えられない。

だから真人は一人で部屋を出ようとしたのだが、千陽は後をついてくる。

「タクシーだろ？」

「ああ、そうするつもりだ」

電車は充分に走っている時間だが、抱かれた直後の顔を晒して歩くのが嫌だった。

「捕まえやすい場所まで案内する」

口で言えばいいのにという思いを真人は呑み込む。

まだもう少し千陽と一緒にいることができる。それを自分から拒むことはできなかった。

一緒に部屋を出て、マンションの下まで降りた。

「あの通りまで出れば、一日中タクシーは走ってる」

建物の外に出てから、千陽が指さした先に真人が顔を向けようとしたときだった。

目の端に人影を捕らえた。白いジャケットが周囲の風景から浮き上がっていた。それはこんな場所にいるはずのない人間だった。

「優衣……」

真人は震える声で呟く。その声に千陽も視線を向けた。

怒りの形相をした優衣が、早足で二人に近づいてくる。

「何やってんだよ」

千陽は不機嫌な声で問いつめた。真人は何も言えず、成り行きを見守ることしかできない。

「やっぱりあなたたち……」

表情だけでなく、優衣の声にも怒りが表れている。それはあまりに激しく、言葉を詰まらせるほどだ。

「どうやってここを知った？」

千陽は冷静だった。ホストが客にマンションなど教えれば、客同士が鉢合わせをすることも考えられる。だから千陽は誰にも教えていなかった。

「店から後を尾《つ》けて来たのよ」

千陽は店から帰ってきたのだ。店の前で待ち伏せ、千陽の乗ったタクシーを追いかければ、素人の優衣にでも尾行は可能だったろう。

「最悪だな、あんた」

さっき真人に見せたような優しさの欠片《かけら》もない、千陽の冷たい声だった。

「ホストと遊ぶにはそれなりのルールがある。それくらい、知ってんだろ？」

「どうしてなの？」

千陽を遮り、優衣が叫ぶ。

「私が何度聞いても教えてくれなかったのに、その人は連れてくるのね」

名前だけとはいえ夫の真人に対して、その人呼ばわりだ。もう名前すら呼びたくないのだろう。

「あんたなんかに教えたら、何されるかわかったもんじゃねえからな」

「愛してるって言ってくれたじゃない」

「ホストのそんな台詞、信じてんじゃねえよ」

千陽は吐き捨てるように言い、嘲笑《あざわら》う。

「言葉一つでボトルが入るなら、いくらでも言ってやる」

「あんなに尽くしたのに」

優衣は震える声でなおも言いつのる。

店では高額のボトルを入れ、店の外では車まで買い与えた。それが全て客だったからだと言われたのだ。怒りだけでなく絶望までが彼女に襲いかかる。

真人は傷つき打ち震える優衣の姿を正視できなかった。

「貢いだ、だろ？」

千陽は酷薄《こくはく》な笑みさえ浮かべた。

「金だけの関係だって、わかってたんじゃねえの」

「私を馬鹿にして……」

優衣の目が今度は真人に向けられる。

「いやらしい、何してたのよ」

後を尾けてきたなら、千陽が中に入ってから、二時間近くここで優衣は待っていたことになる。それは二人きりで過ごしていた時間だ。男が二人きりで部屋にいても、他の人間なら何も勘ぐらないが、優衣は違う。二人が過去に二度は関係を持ったことを知っているのだ。

「昨日の夜、マンションに帰ったのよ」

滅多に外泊などしない真人がいなかった日に限って、優衣が帰っている。気持ちだけでなくタイミングまでもがすれ違っていた。

「あなたがいなかったから、きっと千陽と一緒だと思った」

それが千陽を待ち伏せさせるきっかけになった。店に出ているのならどこかで落ち合うつもりなのだろうと、ずっと待っていた。真人は執念を感じて怖くなる。

「この人のどこがいいの？」

どちらに向けて発せられた言葉なのか、優衣の瞳は真人と千陽、両方に向けられている。

「違うんだ」

真人はようやく言葉を発した。優衣に尋常でない雰囲気を感じたからだ。このまま千陽と会話させていては、ますます優衣が興奮する。とにかく落ち着かせたかった。

「何が違うのよ」

逆上した優衣は聞く耳を持たない。

「絶対に許さないから」

捨て台詞を残し、優衣は走り去った。

「優衣」

呼び止める声に振り返りもせずに、優衣の姿はすぐに見えなくなる。

本気で追いかけるつもりなら、ヒールを履いた女の足だ。追いつくことは可能だった。だが、真人にはできなかった。

後悔だけが押し寄せる。やはり千陽と会い続けるべきではなかった。優衣を傷つけることがわかっていながら、自分を優先させてしまった。

「旦那を男に寝取られて逆上してんのか、それとも愛人だと思ってた男が自分よりも旦那を選んだからか、どっちにしろ腹が立って当然だな」

「そんな他人事みたいに……」

言いかけて千陽の言葉の内容に気づいた。

千陽は旦那を選んだと何気なく言った。確かに優衣とは会わなくなり、真人とばかり会っているのだからそういうことになるのかもしれないが、そこにどんな意味が込められているのか、真人にはわからない。

「夫婦の問題だろ」

他人事だと千陽は切り捨て、さっきの言葉の説明はくれなかった。

「君が引っかき回したんじゃないか」

「それだけの関係だったってことだ」

あっさりと言われ、返す言葉がなかった。

初めから夫婦の関係はなかった。体だけでなく信頼関係もない。崩れるようなものは初めからできあがっていなかった。それを他人の千陽がいちばんよくわかっていた。

「それにしたって、あそこまで冷たくするなんて……」

「遊びを遊びと割り切れなくなったら、ホストと客の関係はそれまでだ」

千陽にとって優衣との体の関係も、ホストの仕事の一部でしかなかった。

「さて、どうでるかな」

相変わらず他人事のように千陽は言った。むしろアクシデントとして楽しんでいるようにさえ感じる。

真人は楽しむどころではない。逆上した女がどんな行動に出るのか、千陽のほうが知っているのではないか。そんな思いで尋ねてみた。

「彼女はどうすれば気が済むんだろう」

「それを今頃考えてんじゃねえか」

反応は人それぞれ、千陽にも全てがわかるわけではない。

「なんだったら、俺んとこにいるか？」

千陽がなんでもないことのように言った。唖然としている真人に対して、千陽がその必要性を口にする。

「あの状態の女と一緒に寝てるとやばいぞ。いきなり寝込みを襲われて刺されたりな」

「まさか」

冗談だと笑い飛ばそうとしたが、千陽が真面目な顔をするから、真人もつい本気でその可能性を考える。

ほとんど寄りつかないとはいえ、優衣のマンションだ。鍵も持っているし、いつ帰ってくるかわからないから、ドアチェーンも閉めたことがない。

「いや、君と一緒にいるほうが彼女を怒らせる」

「そりゃそうか」

千陽はフッと笑う。

こんな笑顔も初めて見た。優しいとさえ言える笑顔だ。さっきのキスといい抱擁といい、千陽の態度が変わっている。

「あんた、他に逃げ場所がなさそうだからな、何かあったら来ればいい」

「責任を感じてるのか？」

「責任？」

面白い冗談を聞いたとでもいうかのように千陽が噴き出す。

「俺は今までに一度だって、責任とやらを取ったことはないが、そうだな、あんたがそう望むんなら取ってやってもいい」

戸惑わせることばかりを言う。

真人の望むこと、自分のことなのに、真人にはそれが何かわからなかった。

5

優衣は帰ってこなかった。あの後出勤した真人が夜になってマンションに戻っても、優衣はいなかった。いた気配すらなかった。

すぐに何かしかけてくると思っていた。そうでなくても、罵倒《ばとう》されることは覚悟していた。千陽の台詞ではないが、どんな報復をしようかと考えているのだろうか。なんの行動も起こされないことがかえって怖かった。

木曜日は元々千陽から連絡のない日だ。隔日にするのは真人の体を気遣ってのことだと言っていたから、なくてもがっかりはしない。

明けて金曜になると、今日は千陽から連絡があるかもしれないと、朝から妙に浮き足立った。仕事は事務的にこなすだけになっていた。表だって引き継ぎ作業はしていないが、何とか野山に任せられるようにはしてある。

ただ現実には真人が部長で、顔を出さなければならない会議も多い。今もそのために一階上のフロアへと野山と向かうところだった。

例のごとくエレベーターではなく非常階段へと足を進める。野山は以前よりも歩調が早くなった。大きな仕事を任された責任感と自信が、態度にも表れるようになり、歩幅も大きくなっているようだった。

「そう、やっぱりそうよね」

給湯室から声が聞こえる。また前と同じだ。真人は歩調を緩めずに溜息を吐く。野山が後ろで息を呑むのも前回と同じだ。

相変わらず勤務中だというのに、懲りるということを知らない女子社員たちが、また噂話に興じているのだろう。

「何があったんだと思う？」

「女じゃない？」

今回も特定の誰かの噂話をしているようだ。

「じゃなきゃ、急にあんなに態度が柔らかくなったりする？」

自信を持ったように断言したのは、真人の部下の女子社員だ。厳しく叱責されたことをもう忘れている。

「だって、あの部長がお茶を淹れただけで、私にありがとうって言ったのよ」

噂になっていたのもまた真人だった。

真人はそんなことがあったかと記憶を辿る。社内では毎日朝と午後にお茶を淹れる習慣があるが、真人は実はそれを快く思っていなかった。喉が渇けば各自ですればいいことで、そのために時間を割くのは馬鹿馬鹿しいと思っていたのだ。やめろと言わなかったのは、他の部署との兼ね合いを考えてのことだった。だから、毎朝、デスクに湯飲みが運ばれてきても、興味を持って見たこともなかった。もし、ありがとうなどと言ったのなら、無意識でしかない。

「ありがとうくらい言うでしょ」

他の部の女子社員が答える。

「それが、部長に限ってはなかったの。初めてだったから、びっくりしてその場で固まったわよ」

その驚きを表現しようとして、声が高くなる。

真人は給湯室を目前にして、足を止めた。

「部長？」

「すまない。やはりエレベーターにしよう」

さっさと向きを変えて歩きだす。慌てて野山が後を尾いてくる。

前回と同じように叱責してもよかったのだが、おそらく近々真人の部下ではなくなる彼女たちを、今さら咎めても意味がない。

これが変わったと言われる原因だった。

それから会議を終え、その後は取引先と打ち合わせをこなし、慌ただしい一日だった。デスクに落ち着いている暇がなかった。

夜は取引先との接待がある。真人はされる側だった。全く興味も関心もないのだが、立場上、顔を出さないわけにはいかない。どうやって早く逃げるかだけを考えながら、宴席の上座に座っていた。

　一時間くらいたった頃、真人の携帯電話が胸ポケットで振動した。

「失礼」

　真人は誰にともなく断り、席を立つ。

　おそらく誰もが仕事の用件だと思ったのだろうが、相手は千陽だった。

『今日は会社じゃないんだな』

　まだ何も言わないうちに、千陽はそう言った。

「よくわかるな」

『後ろに音楽が流れてる』

　千陽は耳ざとい。そんなに大きな音ではないのに、店内に静かに流れる音楽を聴き取っていた。

確かに会社ではありえないし、外に出ればもっと騒音がする。

「接待なんだ」

　真人の声には嫌そうな響きが入る。

『だったら、二次会は俺の店ってのは？』

「馬鹿を言うな」

　真人は口元を緩める。

『なら、しょうがねえ。今日は諦めるか』

残念そうに聞こえるのは真人の都合のいい妄想だ。そう思おうとしたのに、続く言葉が期待を持たせる。

『合鍵を渡しておくんだったな。そうすりゃ、待ってろって言えるのに』

「昨日の今日で何を言ってるんだ」

真人は嬉しいのを隠して素っ気ない言い方をするが、千陽には見抜かれている。

『なんだ、女房のこと、気にしてんのか？』

「当たり前だろう」

『まだ何も仕掛けてきてないんだろ？』

宴席に出ているくらいだから、何もかわったことがないのは誰の目にも明らかだ。

『今頃、じっくりと報復の作戦を練ってたりしてな』

「君はまたそういう言い方を……」

『土日はどうするんだ？』

千陽は急に話を変えた。

「どうするって？」

『ずっと家にいるのはキツイだろ』

無趣味の真人が、仕事の休みのときに出かける先がないことを千陽は知っている。

『俺んとこに来るか？』

「そこまで君を巻き込むわけには……」

最後まで言い終わらないうちに笑いが被さる。

『面白いな、あんた。さんざん他人事みたいに言うなって言っておきながらさ』

「それとこれとは違う」

電話の向こうで誰かが千陽を呼んでいる。女性の声だが、優衣ではない。もっと年配の女性の声だ。おそらくホストとしての仕事の最中なのだろう。

『とにかく、いつでも来ていいからな』

そう言い置いて千陽は電話を切った。

いくら誘ってくれても、さすがに行けるはずがない。もし優衣に知られたら、ますます火に油を注ぐことになる。

それでも電話をくれたことが嬉しかった。誘ってくれたことが嬉しかった。


何もないまま月曜日を迎えた。

気遣ってか土曜も日曜も千陽からの誘いはなかったが、何もなかったかと尋ねる電話だけは寄越してきた。

その電話がある度、利己的なことを考えている自分に真人は気づく。優衣からどんな報復をされるにせよ、早く結論を出してほしかった。そうしなければ千陽に会えないという身勝手な願望だ。

昨日の夜、真人は部屋で帰るかどうかわからない優衣を待ちながら、辞表を書いた。

自分から結論を出すために動き出そうと決めたのだ。社長に本当のことを話してでも、優衣と離れるべきだと思った。

その辞表を鞄に入れ、真人はいつものように出勤した。

エントランスフロアの空気が違っている。本当なら誰もが急いでそれぞれの課に向かうはずなのに、人影が多く、ざわついている。

いつもなら次期社長と噂される真人に取り入ろうと、方々から挨拶に社員たちが駆け寄ってくる。それなのに今日は誰も近づこうとせず、遠巻きに真人を見ているだけだ。

真人の出勤時間は早い。その真人よりも早く出勤しようとしている野山がまだフロアにいた。なのに、真人の姿を見つけると不自然に視線を逸らすだけだ。

ビルの一階には受付があり、その奥にエレベーターホールがある。そこにもっとも社員がたかっていた。真人に野次馬根性はないが、七階にある企画部に行くためにはエレベーターに乗らなければならない。

真人が近づいていくと、潮が引くように人がいなくなる。

その理由はすぐにわかった。

二基のエレベーターの間の狭いスペースに、見ろとばかりに写真が貼られている。出勤する社員の目に必ず触れる場所だ。当然、真人の目にも入る。

真人は息を呑んだ。

「……っ……」

そこに写っているのは真人と千陽だった。場所は真人の寝室だ。何をしているのか、一目瞭然にわかる写真だった。

下半身を剝かれた真人が千陽に貫かれている。はっきりと真人の顔がわかるように顔を上げたところを撮られていた。

あのときカメラのシャッター音には気づかなかったが、真人に余裕がなかったのもあるし、もしかしたらカメラだけではなく、どこかにビデオカメラが隠されていたのかもしれない。言葉だけでは信じられないと、千陽が優衣に頼まれたとも考えられる。

この写真を貼りだした犯人は優衣以外にありえない。

真人はそう確信していた。千陽の顔まではっきりと写っているのだ。千陽がこんなことをしてもなんの得にもならない。千陽のはずがなかった。

許さないと言ったときの優衣の怒りに震える表情を思い出す。その報復が思いがけない形でやってきたということだ。

全てを悟った真人は、誰も近づいてこない中、黙って写真を剝がすと、エレベーターへと乗り込んだ。

朝のこの時間は混み合う箱の中も、今は誰もいない。誰も真人と同乗しようとはしてこなかった。

企画部の部屋に入ると出勤している社員が遠巻きに挨拶もなく真人に視線を向ける。そのくせ、決して目を合わせようとはしない。

真人はデスクにつくとまず鞄を置いた。だが今日はとても仕事にならないだろう。真人がではなく、部下たちがだ。

鞄の中から白い封筒を取りだし、上着の内ポケットにしまう。こうなることがわかっていたかのように用意周到な自分に笑ってしまいそうになる。

「社長室に行ってくる」

真人は言い置いて部屋を出た。こんな騒ぎになったのだ。社長からすぐに呼び出しが入るはずだが、その前に自ら足を運ぶことにした。

優衣の狙いは真人を会社から追い出すことしかない。優衣自身も傷つく手段を選んだことに、それだけ怒りを感じる。優衣が社長に事情を話せば、真人の立場などいつでも吹き飛ぶというのにだ。

社長室のドアをノックすると、待っていたかのようにすぐに奥に通された。対応した秘書も視線を合わせない。

山藤は席を立って真人を迎え入れた。

「お騒がせして申し訳ありません」

真人は部屋に入ってすぐに頭を下げた。

「あの写真は本当なのか？」

山藤はまだ信じられないと言った様子で確認を求めてきた。

写真だけなら合成もありえる。そして、事実がどうあれ、合成だと言い張ることも可能だ。真実は真人と千陽しか知らないことなのだ。

「本当です」

真人は事実を認めた。

今だけを言い逃れたところで、社内での真人の評判は取り戻せないだろう。これまでの真人の態度を考えれば、誰も真人に同情しないことは目に見えていた。それに、優衣が黙ってはいないはずだ。

山藤は深い溜息を吐いた。

真人が認めた時点で、もしかしたら山藤にも写真を貼り付けた犯人がわかったのかもしれない。辛そうに表情を歪めるだけで真人を責めないのがその証拠に思えた。

「長い間、お世話になりました」

真人は内ポケットから辞表を取りだし、山藤に差し出した。

「辞めるつもりか？」

山藤の問いかけに真人は頷く。その前から決めていたことだ。写真はほんの数時間それを早めただけだった。

「残念だ。君には期待していたのに」

山藤は瞳を伏せ、頭を振る。

噂だけでなく、山藤も真人を将来の後継者として考えていたのだと、このときはっきりとわかった。

「それと、こちらは離婚届です」

真人の分の署名の入った用紙を差し出す。これは辞表よりもずっと前から用意していたものだ。辞表を出すときには一緒にと思っていた。

「娘はあのことを知っているのか？」

「ええ、ご存じです」

社長は沈痛な面持ちになる。父親の顔だ。おそらく真人の答えで、優衣がしでかしたことだと確信したに違いない。写真を貼り付けようと思えば、人気のない深夜しかあり得ない。優衣なら忍び込める。

「結婚したときから、そういうことだったのか？」

山藤は言葉を濁す。

ゲイかどうかを確かめたいのだろう。最初から騙《だま》していたのかと聞いている。

「いえ、そうではありません」

「この写真にも何か裏があるようだな」

山藤は深い溜息を吐く。

「社長は最近、優衣さんとは？」

「いや、もう一カ月は顔を見ていないが、家内が……」

前にも金遣いのことを言っていたのは社長の妻だった。

「様子がおかしいと気にはしていたんだ。そのときもっと深く話を聞いていれば、君にこんな迷惑をかけることはなかったかもしれない」

山藤にこんなに気にかけてもらえるとは思っても見なかった。会社にとってマイナスな結果を引き起こした。優衣にそんな真似をさせたのは真人なのだ。

あの写真では真人は両手を縛られている。合意でないかもしれないという可能性があるが、まさか娘がそう仕組んだとまでは思わないはずだ。それでも真人が悪くないと思ってくれているようだ。その後も千陽と関係を続けている真人は、心苦しくなる。

「実は……」

山藤は何か言おうとして言いよどむが、思い切ったように言葉を続ける。

「今さら言うべきことじゃないのかもしれない。だが、これが最後になるなら聞いておいてもらいたい」

「なんでしょうか？」

真人はいたって冷静だった。

「実は君を結婚相手にと言い出したのは娘だったんだ」

衝撃の告白に真人は驚きを隠せなかった。

「娘は会社に私を訪ねてきたとき君を見かけ、ずっと気になっていたらしい。それで君なら結婚してもいいというから、私が頼んだんだ」

それが事実なら真人のしたことはひどいことだ。優衣のことなど何も考えずに、お腹の子供のことだけを考えて結婚しようとした。

そう言われてみれば優衣の態度は納得できた。本当に真人のことが好きだったから、自分に関心を寄せないことに腹が立った。もっとプライドの低い女性なら歩み寄ってくることもできたが、傅《かしず》かれることになれていた優衣には無理な話だ。互いに歩み寄れず、距離は遠くなるばかりで、優衣は真人への当てつけで遊び歩いていたのだ。それでも真人は責めることもなく、会話のない夫婦生活を淡々と続ける。だから優衣は千陽を使うことを思いついた。

優衣が欲しかったのは理由だった。自分に手を出さない理由を探していた。女としての魅力がないのではなく、他に事情があるのだと。だが、現実はもっと優衣を傷つけた。

「本日付で退社させていただきます」

「仕事は大丈夫か？」

山藤が社長の顔に戻る。誰にでもすぐにできる仕事をしていたわけではない。責任のある仕事だ。ただこの二週間でほとんどの仕事の担当を部下に割り振っていた。真人が直接取引先に顔を出さなければならないことは一つもない。

「いつでも引き継げる準備はしてあります」

「以前から覚悟はしていたというわけか」

社長が痛ましいものを見る目つきで真人に見つめる。

離婚を考えたときからこの会社を辞めることは覚悟していた。かといっていきなり辞めれば各方面に迷惑をかける。

「後任には野山でいかがでしょうか？」

「君が押すなら間違いないだろう。ひとまず仮に部長にして、近く取締役会で承認しよう」

真人は最後にもう一度、山藤に頭を下げ、社長室を後にした。

もう勤務時間に入った。真人のことは写真を見ていない社員にも広まっているだろう。

「野山くん」

企画部に戻るとすぐに真人は野山を呼び、そのままデスクへと移動する。

気まずそうな顔の野山がすぐに近づいてきた。

「急な話だが、私は今日付で退社することになった」

野山はえっと息を呑む。

「ついては、私の後任を君に頼みたい」

「私が企画部長ですか？」

野山にしてもまだ三十七歳で、他の部長クラスの社員が若くても四十代なのに比べるとまだまだ若い。異例の出世だ。

「社長の許可はもらっている。早々に正式な辞令も出るだろう」

「ありがとうございます」

感激する野山は朝のショックを忘れてしまったようだ。真人は立て続けに今後の仕事を引き継いだ。真人が使っていたパソコンに全てのデータが入っていること、ファイルの場所も説明する。

その間、野山からも質問を受け、午前中いっぱい引き継ぎ作業に追われた。

野山以外、誰も話しかけてこない状況だ。時折、用もないのに他の部の社員がうろちょろしているのが目の端に映ったが、もう辞める身となれば、何も気にする必要はない。しばらくは噂が続くのだろうが、そのうち飽きるだろう。

野山はずっと真人のそばについていたから、理解は早かった。昼休みなど取らずに午後一時までかかって全てを終えた。

「それじゃ、後のことは任せた」

真人は軽くなった鞄を手に立ち去ろうとした。部下たちへの別れの挨拶など必要ない。そんなものをされても、かえって迷惑だろう。

「あの、部長」

まだ前の呼称で野山が呼び止める。

「これからどうなさるんですか？」

離婚になることは野山だけでなく、みなわかっている。職も家もなくす真人を、野山が心配したように問いかけた。

真人は足を止め、ゆっくりと振り返る。

「さあ、まだ決めていないが、旅行なんかもいいかもしれないいな」

今まで考えたこともなかった。温泉旅館にでも行って、ゆっくりと湯につかる。そんな自分の姿を想像して、真人は口元を緩めた。

真人が会社で見せた初めての笑顔だった。

6

真人はマンションに戻っていた。会社が片づけば、次は自宅だ。このマンションは優衣の父親が用意したもので、名義も優衣になっている。そこに真人がいるわけにはいかない。

マンションに帰っても優衣の姿はなかった。せめて詫びの一つでも言いたかったのだが、むしろ優衣を苦しめるだけだろう。

真人はクローゼットを開けた。中には既に荷物の詰まった小さな旅行鞄がある。これもいつでも出て行けるようにと以前から用意していた。この鞄で旅行をしたことは一度もない。出張用に購入したものだ。

真人の私物などそれほどない。ほとんど全て結婚したときに優衣が母親と一緒に買い揃えた。真人の主張などどこにも入っていないし、真人が買った物といえば、身につける衣服くらいのものだ。

住む場所も決めていないのに大きな荷物を持っていくのは邪魔だ。スーツも今度いつ必要になるかわからない。だからこれで充分だった。

片手に鞄を持ち、玄関のドアに手をかけてから、真人は一度振り返った。

二年暮らした部屋を後にするのも未練はない。心残りがあるとすれば やはり優衣のことだ。結局は彼女を苦しめただけだった。

真人は最後に靴箱の上に指輪を置いた。

部屋を出ると、世界が変わって見えた。見慣れたマンションの廊下でさえ、別のもののように見える。

気持ちがすっかり軽くなっていた。真人を縛るものはもう何一つない。

どうしてずっと囚われていたのか。流されるままの人生がそうさせていた。

心身共に身軽な状態で、建物の外に出ると、見覚えのある派手な車が停まっている。

「どうして……」

真人は呆然と呟く。午後四時、本来なら真人はまだ仕事をしている時間だ。真人がここにいることなど千陽が知るはずがない。

運転席から千陽が降り立った。真人のほうからも近づいていく。

「やっぱりいたな」

千陽はまた見透かしたように言った。

「君はどうしてここに？」

「それより先に乗れよ」

千陽は有無を言わさず真人のバッグを奪い取り、後部座席に放り込んだ。そして、自らは運転席へと戻る。そうされれば乗らないわけにはいかない。真人は助手席へと乗り込む。

千陽はラフな服装だった。店に行くにはまだ時間があるからだろうか。

「とりあえず、行き先はどこでもいいんだろ？」

千陽はそんな尋ね方をして、車を走らせた。

「どこでもって、君は何を知ってるんだ？」

「あんたが会社をクビになったってことかな」

真人はスラックスにシャツだけの姿だ。スーツは着ていないから遅れて仕事に行くのではないことはわかるだろう。

「そうじゃない。自分から辞めると言ったんだ」

たいした違いではないが、会社側に悪い印象を与える。最後に真人に詫びてくれた山藤のために、千陽にも悪い印象は持たせたくなかった。

「あんたの場合だと、差詰め会社のロビーにでも写真を貼られてたか？」

真人は驚いてすぐに言葉が返せなかった。

誰が千陽に教えたのか。考えられるのは優衣だけだ。

「優衣が？」

「まさか」

千陽は笑って否定する。

「大正解ってわけか」

千陽は推測しただけらしいが、その推測に至るにも何か要因があるはずだ。

「どうしてわかったんだ？」

「俺の場合は、店の外にある俺の写真に貼り付けてあったからな」

千陽はこともなげに答えるが、真人には衝撃だった。優衣の恨みは自分にだけ向かうと勝手に思いこんでいた。

「君のところにも？」

「営業時間内で俺は店にいた。いつもより客の入りが少ないと思っていたら、客を見送りに行ったホストが大あわてで戻ってきた。それで外に出てみたら」

「写真が貼ってあったんだな」

真人は申し訳ない思いでその先を続ける。

真人と違い、誰もが目にする路上だ。ナンバーワンホストとして店内だけでなく、その周囲の店にも名を売っていた千陽にとっては、かなりのダメージなのは考えるまでもない。

「で、その日のうちにクビってわけだ」

千陽は笑いながら首の前で手を横に移動させ、首切りの仕草をしてみせた。

「ゲイのホストに貢ぐ女はいない。ま、当然の結果だろ」

「君はゲイじゃ……」

真人のことがあっても、女性とも関係を持っていたのは知っている。千陽と関係を持った女性たちも多くいるはずだ。

「ゲイだろうがバイだろうが、男を抱いてるってだけで充分なんだよ」

千陽が言うには実際にその写真を目にした瞬間に、千陽の客は引き返したり、また店側に苦情を入れた者もいたという。

「ま、ナンバーワンだからこそ好き勝手に振る舞ってたが、今回のことでそうじゃなくなるだろ。だったら店側もこんな面倒なホストはいらないってわけだ」

千陽は仕事を無くしたにしては気にした様子もない。

「すまない」

真人は優衣の代わりに謝った。元妻とはいえ、そんなことまでするようにしたのは自分の責任だ。

「あんたに謝ってもらうことじゃない。それにあそこだけがホストクラブじゃないしな。新宿では無理だろうけど、他の場所に行けば、どこででも働ける」

元ナンバーワンの自信が見える。実際そうだろうと真人も納得できた。

「だから、あんたが行くところについてくよ」

「なんだって?」

驚いた声を上げてしまったが、千陽の横顔はいつもと変わらない。冗談に過剰に反応しすぎだと真人は恥ずかしくなる。

「あの荷物、どこかに行くつもりなんだろ?」

「君は私の行き先を知っているのか？」

「いや、まだ聞いてない」

当たり前だ。真人自身まだ決めていないのに、いくら千陽でも推察しようがない。

「それなのに一緒に行くって？」

「前にも言ったはずだ。俺は今の人生に飽きてるんだって。今回だってそうだ。あんたの人生は見事なくらいに波瀾万丈《はらんばんじょう》だ。あんたと一緒にいれば飽きることがないだろうからな、それに付き合いたくなった」

真人は唖然とする。

「いくら飽きているからといって、俺の人生はお勧めできない。楽しいことなんて何もなかった」

真人は自嘲気味に笑う。

思い出すのは楽しい思い出よりも辛い記憶ばかりで、それなら忘れるしかないと空虚な人生になってしまった。誰が好き好んでこんな人生を歩みたいものか。真人自身でさえ、別の人間に代われるなら、今すぐにでも大場真人を投げ出せる。

「後悔ばかりの人生だった」

「知ってる」

千陽は悪びれずに答える。

「最初に会ったとき、あんたの顔にははっきりとそう書いてあった」

「だったら……」

「なんの変化もない人生よりマシだ」

千陽は真人の言葉を遮った。

「それに俺は人のために何かしたいと思ったのは、あんたが初めてだ。だからこの気持ちがなんなのかあんたと一緒にいて確かめたい」

千陽ならいくらでも楽しい人生を歩めるはずだ。それなのにあえて貧乏神のような真人と一緒にいたいと言っている。真人のために何かしたいなどと物好きなことまで言っている。

「おかしな奴だ」

真人はブッと噴き出した。

「あんたもそんなふうに笑えるんだな」

じっと千陽が見つめている。車はいつのまにか停まっていた。知らない場所だ。どこかの路地に入り込んだらしい。

「そういえば、こんなに笑ったのは久しぶりだ」

「何年ぶりじゃないのか？」

「そうかもしれない」

物心つく前やまだ父親が生きていた頃は、笑いの絶えない家庭だったような気がする。ただあまりにも昔すぎて記憶が曖昧《あいまい》だ。

「ほらな、俺といると、あんたもかなり変わってきてる」

「君の影響力が強すぎるんだ」

真人は苦笑する。

引きつけられ、引きずり込まれる。正反対の生き方をしてきたせいなのかもしれない。体だけのことだとは思いたくなかった。

「それで、ここはどこなんだ？」

真人はようやく問いかけた。

車の両側には高い塀がある。煙突も見える。どこか工場の裏手らしいが、人気のない寂しい場所だった。こんなところに千陽が何か用があるとも思えない。話に夢中になって、道を間違えたのだろうか。

「さあ、どこだろうな。人のいない場所を探してたらここに着いた」

そう言うなり、千陽はシートベルトを外し、体を横に向け、助手席のシートに手を突いた。

「人気のない場所ですることって言ったら一つだろ」

千陽が顔を近づけてくる。

キスをされる。そう思った瞬間、真人は瞳を閉じた。押し返すことなど全く頭に思い浮かばなかった。

「急にどうしたんだ」

千陽が素直な態度に驚いたように言った。指摘され、恥ずかしくなって赤くなる顔を隠すために真人は横を向く。

今が夜ならよかったのに、夕方近くとはいえ、まだ明るい。真人の表情の変化はあますところなく千陽に見られている。

気恥ずかしい。これまでにも何度も抱かれているのに、今さらキス一つが恥ずかしくなる。

顎を摑まれ、顔の位置を戻された。

真剣な表情の千陽がそこにいた。

今度こそキスが与えられる。触れるだけの優しいキスを一つ与え、それから奪い尽くすような激しいキスへと変わる。

唾液が零れ顎を伝う。

体の芯に火がともされ、頭は痺れたようになる。

真人は千陽のシャツを摑んだ。立っているわけではないのだから、膝の力が抜けても崩れ落ちることはない。それなのにの何かに縋《すが》っていたかった。

そのお返しとばかりに、千陽がシャツをまさぐってくる。スラックスから裾が引き出され、その中に手が忍び込んできた。

「まさか、ここで?」

真人は驚いて身を退こうとするが、まだシートベルトをつけたままで、思うように体が動かせない。

「今さら気にする体面なんかないだろ」

「それだけの問題じゃない。人として……っ……」

恥ずかしいのだという言葉は、胸元に顔を埋められ途切れる。千陽が唾液をたっぷりと乗せた舌で、白いシャツに染みを作った。そこからその下に隠れた赤い飾りが、うっすらと姿を見せている。

「悪いな。人としてよりも動物の雄の本能が強いんだ」

千陽は満足げにそう言うと、できたばかりの染みを指で擦った。

「やめ……るんだ」

ビクッと体を震わせながらも真人は抵抗する。

「もうこんなに尖ってんのに？」

言葉を証明するように指先で摘まれた。

真人は焦って辺りを見回す。

人の住んでいない田舎ではない。ここはまだ都内だ。それに工場があって、道路があるということは、今は人気がなくても、絶対に誰も通らない場所でもない。

「これ以上は……もう……」

胸への愛撫だけで中心が熱を持ち始めた。けれど車内でこの先に進むことなど、真人の常識ではありえないことだ。

「俺を焦らしてんのか?」

真人の言葉だけでの抵抗を、千陽はそう解釈した。

手で押し返すでもなく、逃げ出すでもなく、震える声の哀願だけでは、かえってねだっているようにしか見えなくても仕方ないだろう。

「わかったよ。サービスしてやるよ」

「そんなこと言ってない」

真人の否定は聞かず、千陽は真人の中心へと手を伸ばす。ベルトはいともあっさりと引き抜かれ、後部座席へと放り投げられた。ボタンとファスナーなど意にも介さず、あっと言う間に真人の中心は外へと引き出される。

まだ午後四時半の車内は明るくて、さらけ出された中心がやんわりと形を変え始めていることが、はっきりと見てとれる。真人はあまりの羞恥から咄嗟に手で隠そうとするが、千陽はそれを払いのけた。

千陽が背を丸める。行き先は剝き出しになった中心だ。

「やめっ……」

真人は悲鳴を上げかけ、慌てて口を塞ぐ。

今はまだ誰も気づいていなくても、声を上げることでこの工場内にでも聞こえてしまうかもしれないことに思い当たった。

その隙に真人の中心は千陽に呑み込まれる。

「んっ……」

上擦った息が漏れた。

口で愛撫されるのは初めての経験だ。過去の辛い経験では、一方的に奉仕をさせられるばかりで、されたことはなかった。

呑み込んでは引き出される。千陽の口中の熱さ、唇の感触がダイレクトに伝わってくる。まるで頭を押しつけているかのように、真人は千陽の髪に指を絡ませた。その指は舌使いで力を持ったりなくしたりと微妙な動きを見せる。指先だけでも感じていることが千陽に伝わってしまう。

「ふぁ……んっ……」

何をされても熱い息が吐き出される。

千陽は完全に力を持った屹立に余すところなく舌を這わせ、その両脇の膨らみにも口づける。

真人の中心は先走りを零すほどに張り詰めていた。

後もう少しで楽になれる。そう思った瞬間、千陽が不意に顔を上げた。

「あんたはこれだけじゃ物足りねえんだよな？」

思わせぶりな笑みに男の色気が溢れている。誘いかけるような言葉だ。

真人がどうすれば一番感じるのか、千陽は知り尽くしている。

「腰を上げろよ」

千陽は命令して真人のスラックスに手をかけた。脱がせるつもりなのだ。

車内とはいえ、まだ日も沈んでいない路上で下半身を剝き出しにされる。想像だけで体が熱くなり、自然と腰が浮き上がった。

「ホント、こういうときだけは素直だな」

低く笑って、千陽はスラックスと下着を一気に膝までずり下げた。

「まだ邪魔だな」

千陽はまず靴とついでに靴下まで脱がせ、それからスラックスと下着を足から引き抜いた。それら全てはまとめてまた後部座席に放り込まれる。

そうしておいて、シートベルトを外し助手席のシートを倒す。

ワゴンカーならともかく、こんなスポーツカータイプの車内は広くない。動きも制限されるだろうに、千陽は器用に全ての動作を楽々こなした。

真人の両脚はシートの上に載せられた。

「また前みたいに持ってろ」

千陽はそう言って、両脚をまとめて胸につくように折り曲げてきた。

「い、嫌だっ……」

いくら過去に同じことをしたからと言って、今は場所が違う。さすがに従いきれないと真人は羞恥で目元を赤く染め、拒んだ。

「なら、いいのか？　このままで」

千陽の視線は昂ぶった真人の屹立へと注がれる。さらにその奥には刺激を求めてひくつく後孔まで視線に晒されている。

真人が従わないなら、これ以上は何もしないと千陽は言っている。ここまでしておきながら放置されるのは耐えられない。みっともなくも自ら慰めるしかないのか。

「でも……」

真人は唇を噛み、千陽を見上げる。

「今さら誰に見られることが怖いんだ？」

何もかもなくしたんじゃないのかと、千陽が教える。

確かに千陽の言うとおりだ。

真人はそろそろと自らの両手を両膝の裏に回す。見てくれと言わんばかりに膝を持ち上げると、身を焼かれるような羞恥が体を熱くし、汗が滲んできた。

「こうだろ」

千陽がさらに追い打ちをかけた。膝頭に手を添え、力任せに左右に割り開いたのだ。

真人が慌てて閉じようとしても、その間には既に千陽の頭があった。

「ひぁっ……」

嬌声ではなく悲鳴が零れた。信じられない場所に濡れた感触が与えられたのだ。真人はおそるおそる顔を向けると、千陽が屹立よりもさらに奥に舌を這わせているのが見えた。

蠢く舌先が後孔を捕らえる。

「そんなとこ……」

正視できず真人は瞳を閉ざし、羞恥に腰を揺らめかす。

恥ずかしいと思えば思うほど、体は熱くなり、神経が研ぎ澄まされる。ざらついた舌の感触まで粘膜に伝わるようだった。

「もう……やめてくれ……」

声が力なく震える。

「こうでもしないとあんたが辛いぞ」

からかうような響きはない。ただ声が奥に吹きかけられるようで、真人は身を竦ませる。

「俺としたことが何も用意していないんだ。あんたと一緒にいれば、こうなるってわかってんのにな」

千陽にしては珍しい自嘲めいた笑みだった。

真人を抱くとき、千陽はいつもローションとコンドームを用意していた。真人を傷つけないよう、いつも気遣ってくれていた。今もまた、何もないならその舌でほぐしてでもと、真人の体を大事にしてくれている。

真人はもう拒む言葉を口にはできなくなる。ただ震える手でしっかりと足を持ち上げるだけだった。

窄《すぼ》めた舌先が後孔を突く。

「やぁ……」

甘い喘ぎが口をついて出てくる。快感が駆け抜け、全身に鳥肌が立つ。

千陽はさらに指を使った。舌とは違う硬い感触でそれがわかる。

二本の指が広げようと引っ張り、綻《ほころ》んだそこに舌が押し込まれる。

「やめ……汚い……」

いつもとは違う羞恥が込み上げる。こんなことも初めての経験だ。

「そう言いながら、かなりキテるみたいだけど？」

千陽が息を吹きかけながら話す。

千陽が上目遣いになれば、真人の屹立は至近距離でよく見える。先走りを零しながら、限界へと近づいているのは誰から見ても明らかだった。

舌だけでなく、指までも中に侵入してくる。入り口付近は舌が、奥は指が犯していく。すっかり覚えてしまった千陽の指が前立腺を擦り始める。

「いっ……あぁ……」

真人は背を反り返らせた。

膝を支えていた手は外れ、千陽の肩に真人の足が載せられる。

たっぷりと注ぎ込まれた唾液が、指の動きを助けた。掻き回されるたびに、ぐちゃぐちゃと淫猥な音を車内に響かせる。

両手の指が二本ずつ差し込まれても、真人は柔軟に受け入れる。もう充分だと真人は千陽の髪を摑んだ。

千陽がようやく顔を上げた。舌は抜かれたが、指はそのままだ。

「なんだ？」

わかっているくせに千陽は言葉を求める。

「もう……」

「もう？」

千陽のにやついた笑みがたまらなく色気を醸し出し、ますます真人を煽る。

「……入れてくれ……」

こんなに恥ずかしい台詞を口にしたのは初めてなら、こんなに欲しいと思ったのも初めてだ。

千陽の熱さを感じたいと、体だけでなく心も欲していた。

応えるように千陽はスッと指を引き抜いた。だが、その後の言葉が真人を驚かせる。

「この体勢じゃ俺から動くのは無理だな。狭すぎる」

千陽は運転席へと戻っていく。

「そんな……」

ここまで昂ぶらせておいて、しかもあんな恥ずかしい台詞を言わせておいて放っておくのかと、真人は非難の籠もった目で睨む。

「いやらしくて、いい顔だ」

とても褒め言葉とは思えない台詞で、千陽は真人の頬を優しく撫でる。

「もっと俺を欲しがれ」

これ以上どうしろと言うのか。真人はじっと千陽を見つめる。

千陽はジーンズのファスナーを下ろした。それから下着と一緒に太腿の途中までずり下げた。

硬く勃ち上がった屹立が露わになる。

「そんなに俺が欲しいなら、あんたから動け」

千陽は運転席のシートを倒すと、そのまま仰向けに体を寝かせた。千陽がしたのはそこまでだった。

何を求められているのか、真人にもわかる。

真人はのろのろと体を動かした。

体が求めている。それだけじゃない。体の疼きだけじゃなく、心が人肌を求めていた。

狭い車内でハンドルやクラッチレバーに体をぶつけながらも、背を屈め、なんとか千陽の腰に跨ることができた。

位置を確かめながら腰を落とす。千陽の屹立が狭間に当たった。それだけでその先を期待して背筋に震えが走る。

「ゆっくりでいい」

優しい言葉をかけられる。その声に励まされ、真人は千陽の屹立に手を添え、後ろにあてがった。

「うっ……」

自ら呑み込んでものの大きさに、真人は低く呻く。

抱かれたのは五日前だ。体が忘れるほど前ではない。それなのに、まるで初めてのときのような気分に襲われる。

少しずつ慎重に体を沈め、どうにか全てを収めきる頃には、また汗が噴き出していた。

体内を埋め尽くす大きさに、真人は深い呼吸をして、体を馴染ませる。千陽も強引に動いたりはしなかった。

ただ千陽はおとなしく待っているような男ではなかった。悪戯な手が身につけたままの真人のシャツへと伸びた。

ボタンを外し始めたのに気づいても、それを止めさせる手段を真人は持っていない。どんな些細な動作もできないくらいに、まだ圧迫感に苛まれていたのだ。

　ボタンは全て外された。下半身は剝き出しに、シャツをはだけられ、男に跨っている。浅ましい自分の姿を想像するだけでまた熱くなる。

「ふぅ……」

　シートに手を突いて腰を引き上げると、条件反射のように息が漏れる。

　前のめりになりながら、尻だけを突き上げる。それを滑稽だと思う余裕はなかった。

　抜き差しは小さくしかできなかった。少し持ち上げるだけで粘膜を擦られ、体を支えきれなくなる。そうして体を落とすと、今度は奥を突かれて、また嬌声を上げてしまう。

「楽しそうだな」

　千陽が真人の剝き出しの双丘を撫でた。そしてそのまま二人を繫ぐ場所へとその手は移動する。

「やあっ……」

　押し広げられた襞を擦られ、嬌声を上げ、せっかく引き上げた腰が落ちた。

「おいおい、足りなくて指まで呑み込むつもりか？」

「そんな……違っ……」

　恥ずかしいのにそこは物欲しげにひくつく。まだ足りないと訴えている。

「俺は動けないんだ。自分で頑張れよ。その代わり、俺はこっちに専念する」

　千陽は右手をそのままに、左手を胸元へと伸ばした。

小さな飾りは芯を持って硬くなっていた。指で軽く摘まれただけで痺れが走り、中にいる千陽を締め付ける。

千陽はお返しとばかりに、双丘の窪みから結合部へと何度も指を這わせた。

「はぁ……ん……あぁ……」

ひっきりなしに甘い声が溢れる。誰かに聞かれるとか、人が出てきてしまうだとか、そんなことはもうどうでもよかった。

自ら腰を動かすことにも慣れた。というよりも止まらなかった。

「んっ……ぁ……」

突かれることと、出入りするたびに擦られる感触を求めて、真人は腰を上下させ、さらには揺らめかす。

今ならどこをどう触れられても感じるだろう。体中が性感帯になった気がする。それくらいに全身が昂ぶっていた。

先走りが自身を伝い、二人を繋ぐ場所へと落ちていく。その滑りがますます真人の動きを激しくした。

「そんなにいいのか？」

千陽が熱い声で問いかけてくる。いつの間にか溢れていた涙が、千陽の表情を霞ませていたが、それでも快感を堪えて眉根を寄せているのはわかった。

「いいっ……」

恥も外聞もなく、真人は訴えた。

達することしか考えられない。真人は自身に手を伸ばす。

自ら腰を使い、中心を擦る。そんな淫らな姿を千陽に余すところなく見られている。

興奮は最高潮に達した。

「くっ……あぁ……」

外だということも忘れ、嬌声を上げて真人は迸りを解き放つ。千陽のシャツを汚してしまったことにも気づく余裕はなかった。

真人は両手で千陽の肩を摑み、荒い呼吸を繰り返す。

「早いっての」

千陽は呆れたように言って、真人の双丘を軽く叩いた。

真人の中にいる千陽はまだ硬いままだ。

「もっと頑張れよ」

そう言って千陽はグッと下から腰を突き上げる。達したばかりの体には酷な仕打ちだった。

「もうっ……無理だ……」

「何言ってんだ。自分だけ満足して終わるつもりか？」

千陽が真人の萎えた中心を摑み、休む間も与えず擦り立てる。

「やぁっ……待って……」

「待てないな」

千陽は無慈悲に言い放ち、まだ息も整わない真人を二度目の高みへと導く。

熱も冷めず感じやすくなった体はすぐに快感を受け入れる。もっと、もっとと腰を振り、より深い快感を求める。そうでなければ達することができなくなっていた。

狭い車内では体勢を入れ替えるなど容易にできない。千陽は真人の腰を摑んで腕力だけで引き上げた。

「いいっ……あぁ……」

譫言のように喘ぐことしかできない。

真人ももう体を支えていられなくなり、千陽に覆い被さった。快感を追いかけたいのに、感じすぎて力が入らないのだ。

千陽にしがみつき、これ以上なく感じていると全身で訴える。千陽は応えるように何度も真人の腰を浮かせては引き落とす。

「くぅっ……」

引き落とされた瞬間、真人は後ろへの刺激だけで達した。今度はほぼ同時に千陽も熱い迸りを真人の中に放つ。

千陽は初めて中に出した。過去の経験では嫌悪と不快感しかなかったのに、今はそれすらも嬉しかった。熱く求められた証だと思えた。

二人の体は密着し、荒くなる呼吸まで重なり合う。

「やっと少し落ち着いた」

千陽がそんなことを言い出した。呼吸のことなら真人はまだ荒いままだ。不思議に思い問いかけると、

「俺のやりたいって気持ちがだよ」

「君はそんなに不自由はしていないだろう」

重なり合ったままで、真人は答えた。仕事の一環だと何人もの女性と関係を持っていたと、千陽は自分で言ったのだ。

「それこそ、不自由はしてなかったから飽きてたんだ。あんたに会うまではな」

「でも、男との経験はあると……」

初めて真人を抱いたときに千陽はそう言って安心しろとも言ったのだ。

「体だけのことなら、俺にとっちゃ、男でも女でも一緒だ。誰としても同じ、ただ性欲を解消するだけだった」

何か思うところがあるのか、千陽が語り始める。ピロートークにするには不似合いな話だ。

「俺は……違うっていうのか？」

そうだという答えを期待しているのを見透かされそうで、言葉が喉に絡んだ。

「何度も言ってるだろ。あんたは飽きないって」

千陽が耳に囁きかける。

この言葉だけでもう充分だ。新しい人生の支えにできる。

ただ千陽と別れるにしても、このまま車を降りるのは無理だ。ここがどこだかもわからないし、何よりこの格好だ。

「とりあえず、どこかホテルに行くか」

まるで真人の心情を読んだかのように千陽が言った。

二人とも汗と精液まみれで、しかも真人の体内には千陽の放ったものが残っている。真人としてはとにかくこれを洗い流さなければ、どこにも行けないのだ。

「だから、最初から行ってれば」

「たまにはこういうのもいいだろ」

真人の非難を千陽は笑って返す。

場所を移動するためにはまず千陽から離れなければならない。真人はゆっくりと腰を引き上げ萎えた千陽を引き抜いた。

「……っ……」

充分に与えられたはずなのに名残惜しげにそこは千陽を締め付ける。

「貪欲だな、あんた」

千陽がフッと笑う。けれど馬鹿にしたような笑いではなかった。

それに真人には他に気を取られることがあった。抜いた拍子に奥から千陽の放ったものが溢れ出てきたのだ。

「おっと」

手で塞ごうとでもいうのか、千陽が足の間に手を差し入れてくる。

「ちょっ……」

真人は焦って身を退こうとするが、千陽の手はそれより先に足の間に達していた。さっきまでさんざん昂ぶらされていた体は、太腿に触れただけの刺激にも震えてしまう。

「ハンカチか何か持ってるか？」

千陽は手をそのままに尋ねてくる。

「タオルがバッグの中に」

真人は正直に答えた。これからどこに行くことになるのかわからなかったから、万一のためにとタオルを二枚入れておいたのだ。

「じゃ、ちょっと自分で押さえてな」

「自分でって……」

「伝って落ちると、シートに染みができるだろ」

そんなことは気にしていなさそうなのに、千陽はわざと言葉で真人を辱めている。真人がそれで興奮することを知っているからだ。

真人はまだ体を起こしただけで、運転席にいる。剝き出しの双丘にはハンドルが当たっていた。千陽は寝転がったままで手を伸ばし、後部座席のバッグを勝手に開け、中からタオルを引き出した。

「ほら、拭いてやるから」

「いい、自分でする」

「俺が出したもんだしな。責任を持たないと」

足の間にタオルを差し込み、太腿に這わせる。さっき溢れた分は拭き取った。それなのに千陽は手を止めず、後ろを指で掻き出し始めた。

「や……あぁ……」

千陽を受け入れたばかりのそこは柔らかく指を呑み込む。

二本の指が押し込まれ、掻き出す以外の動きを見せる。前立腺を擦るなど今は必要ないのに、千陽は真人を追いつめる。

真人はもう二度達している。三度ともなるとなかなかイケないだけでなく、長引くと体が辛くなる。真人はまた自ら中心へと手を伸ばし、性急に終わりを促す。

「……っ……」

ほとんど出なかったけれど、真人の放ったものは、千陽によってタオルで塞がれ、もう濡らすことはなかった。

「どうして俺だけ」

三度もイカされた。真人はまた荒くなった息と上気した顔で抗議する。

「物足りなそうだったからな」

千陽は悪びれずに答える。締め付けたことにもちろん気づいていた。

図星を指されてはこれ以上の抗議は出来ない。真人は無言で今度こそ助手席へと移動した。

さっきまでは千陽に顔を向けていたから忘れていたが、助手席に座り直すと、フロントガラスに明るい外の景色が広がっているのが改めて視界に飛び込んできた。

ほとんど工場の塀しか見えないのだが、それが余計に現実が思い知らせる。

真人は慌ててシャツの前を掻き合わせた。ほとんど全裸なことを思い出す。残りの服は後部座席だ。

真人の視線に気づいたのか、千陽がまた手を伸ばし、拾って渡してくれた。真人は急いでそれらを身につけ始める。

「そんなに急ぐなよ。余韻がねえだろ」

「何を暢気《のんき》なことを言ってるんだ」

真人は背を屈め、足に下着を通す。一秒でも早く肌を隠したかった。

「人が来たら……」

「今さらだっての」

千陽は笑う。

さんざん貪り合った後だ。見られてまずいのはさっきまでの行為で、今は車内を覗き込まれない限り、下半身が剝き出しだとはわからない。

「だいたい余韻なんて今までに一度だって……」

「だから、これからはゆっくりと味わおうって話だろ」

千陽が真人の抗議を遮る。

「これから……？」

「ああ、時間はたっぷりある。誰にも邪魔されないしな」

千陽は真人が無職になったことと、独り身になったことを指して言っているのだろう。

「それは無理だ」

真人は苦笑して千陽の申し出を断る。

本当は最初に言わなければならなかった。一緒に行きたいと言われたとき、すぐに言えばよかった。できなかったのは引き延ばしたいと思う気持ちだ。追いかけてきてくれた千陽に応えたかった。そして少しでも長く一緒にいたかった。

「何が無理だって？」

「俺には金がない」

「金？」

千陽は虚を衝かれたような顔をした。

「預貯金は全て彼女に残してきた」

「あんたより持ってるのに？」

「せめてもの詫びのつもりだ。俺が彼女の人生を狂わせたから」

あんな真似をしたのは優衣だが、された真人たちだけでなく、した側も人生を狂わせた。優衣は悪い女ではなかったのだ。何かが狂っただけだ。おそらく流産が原因だろう。それなのに真人は子供がいないからとまともな結婚生活を送ることをしなかった。

「一文無しか」

「ああ」

真人は晴れやかな顔で頷く。

「そこまで身軽にすることはないだろうに」

呆れたように千陽が笑う。

「それじゃ、とりあえずこの車を売るか」

「売るって……」

何を言い出すのかと真人は聞き返す。

「あんたも意外に考えなしだな。今のご時世、すぐに仕事なんて見つかるわけねえだろ。少しは蓄えがないとな」

「俺の話を聞いてなかったのか？」

「聞いてたから言ってんだろ。しばらくは俺があんたを養ってやるよ」

真人はすぐに言葉が出なかった。とてもこれまで女に貢がせていた千陽から出た言葉とは思えなかった。

「俺にはホストで荒稼ぎした金もあるしな」

「どうしてそこまで？」

「しょうがない。あんた以上に俺の退屈を潰してくれる奴がいないんだ」

ひどい言いぐさだが、千陽にとっては最高の褒め言葉のようだ。

「それに、最初からあんたの金なんてアテにしてねえよ」

思い返してみれば、千陽と一緒にいるとき、真人は一度も自分の財布を開いていない。何度もラブホテルに行ったが、支払いは千陽がしていた。移動にタクシーを使えばそれは千陽が払った。何か食事を取ればそれも千陽だった。

「ホテルの後、どこに行きたいか考えておけよ」

千陽はエンジンをかけ、車を走らせ始めた。ちゃんと真人が身支度を調えるのを待ってからだった。

千陽は明らかに初対面のときから変わった。真人を気遣う素振りを随所に見せる。

夕方でいる時間は短い。すっかり辺りは暗くなり、夜の街へと変わっていた。

真人にとっては今日からが本当の人生のスタートだ。自らの意思で自らの生きる目的を探す。

その道連れに千陽を選んだ。

人生で初めて選んだ選択が千陽。それがおかしくて真人は笑い出す。

「どうした?」

千陽は横目でチラリと真人を窺う。

「君といると飽きないと思ったら笑えてきた」

「そりゃよかったな」

千陽も口元を緩める。

少なくとも退屈だけはしない人生の旅が、今始まった。

君に向かう旅

当てもなく東京を出て二日が過ぎた。

「ていうか、ずっとその格好って、しんどくない？」

羽鳥千陽は運転しながら横目で大場真人を見て問いかけた。

マンションの前で拾ってから、今日まで真人の服装は常にスラックスにシャツと、スーツから上着とネクタイを引いただけの姿だった。仕事に行くわけでもないのに、他の服は持ってこなかったのかと尋ねると、もともと持っていないのだと答えられた。

「ちょうどいい、そこで買い物していこうぜ」

千陽の視線の先には名古屋駅という表示が見えていた。名古屋に来たことは過去に一度もなかったが、駅前ならデパートか何かあるだろう。そこに行けば買い物ができると思った。

車での二人旅はゆっくりとしたものだった。急ぐ旅ではない。だから昨日まではほとんど進んでいなかったが、今日は思い立って一気に名古屋までやってきた。気の向くままの気ままな旅で、真人もそんな千陽に文句は言わなかった。

「俺はこれでもいいんだが……」

真人は自分の姿を見下ろす。

「俺が嫌なんだよ」

千陽は有無を言わさずデパートの駐車場に車を入れた。

千陽が先に車を降りれば、真人もついてくるしかない。二人はそのまま紳士服のフロアへと向かった。

「困ったな」

店内を並んで歩きながら真人がぽつりと呟く。左右にはいろんなテナントが入っていて、店先には洋服が綺麗にディスプレイされている。

「何が?」

どれがいいかとそれぞれの店に目をやりつつ、千陽は問い返す。

「何を選んでいいかわからない」

意外な言葉に顔を向けると、真人は本当に困惑した表情をしていた。

真人は仕事しかしてこなかった。過去に囚われ、趣味も持てずに、友人も作らず、ただ日々を過ごしていただけだった。だから、服装にもこだわりがないどころか、好きなもの、似合うものもわからないのだ。

「安心しろよ。ちゃんと俺が選んでやるから」

千陽は力強く請け負った。最初からそのつもりでここに入ったのだ。

ちょうど通りかかった店の名前に見覚えがあった。千陽も何度か服を購入したことのあるブランドだ。

「ここにしよう」

千陽は真人の返事も待たずに店に入った。

まず目に入った服を真人にあてがい、一人で満足げに頷く。真人はかなりの細身だから、あまり体にフィットしすぎないほうがいい。そうやって春物の、明るい色のセーターとパンツを選んだ。

「とりあえず、試着してみろよ」

「これを？」

手渡してみても、真人は今更なことを問い返す。おそらく今まで身につけたことのないようなデザインと色なのだろう。かなりとまどっている様子だ。

「元ナンバーワンホストの目を信じろ」

軽口で真人の気持ちを軽くして、背中を押した。

千陽と同年代らしき店員が、すぐに察して近づいてくる。

この瞬間まで千陽は店員の存在を一切無視していた。声をかけられたような気もするが、赤の他人よりも自分のほうが真人をよく知っているという自負があるから、意見は求める必要がなかったのだ。

「どうぞ、こちらです」

店員が真人を店の奥にある試着室へと案内していった。

その間に千陽は別の服を物色する。一組だけでは着替えには足りない。それに何よりも過去に繋がるものを捨てさせてやろうと思った。

ホスト時代、客と店外デートをするときもあった。買い物に付き合わされ、女性用の服を見立てたこともある。だが、そのときでも、こんなに真剣ではなかった。

千陽はそんな自分自身に口元を緩める。

どれが似合うだろう。どの色がいちばんよく映えるだろうと、デザインが気に入っても、全色広げてみたりしている。自分の服でもここまではしない。真人のためだと思うからできるのだ。

「お疲れさまです」

店員の声が聞こえ、千陽は試着室に顔を向けた。

真人がドアを開けておずおずと出てくるところだった。着慣れない服に違和感があるようだが、千陽は自分の目に感心する。千陽の見立てたものは、最初からあつらえていたように真人にぴったりだった。

「よくお似合いです」

千陽が声をかけるよりも先に店員が感心したように感嘆の声を漏らす。

「お客様はとてもスリムですから、パンツのラインも綺麗に出てて」

褒め称えられ、真人は気恥ずかしそうにしている。

「お裾直しもいらないようですね」

店員が真人の足下に屈み、パンツの裾の長さを見る。店員の右手がふくらはぎの辺りに軽く添えられた。

千陽は露骨に表情を歪める。

気に入らない。他の男が真人を褒めることも、触れることも許せなかった。

千陽はつかつかと真人の元に歩み寄り、まだ跪いていた店員の肩を押した。

「裾直しはいらない。それにしよう」

千陽の言葉に、真人がえっと驚いた声を上げる。

「それから、こっちも試着する」

千陽の手にはまた別の組み合わせの服があった。それを真人に押しつけた。

「これもって……」

「いいから」

千陽は真人の肩を押し、乱暴に靴を脱ぎ捨て試着室に入った。

「え、ちょっと……」

受け取っただけで終わりと思ったのだろう。真人は呆気に取られて千陽を押し返す間もなかった。もちろん、店員が口を挟む隙もない。

「どうして？」

真人が不審な顔をしながら、小声で尋ねる。すぐ外にいる店員を気にしてのことだ。

「着こなしを教えてやろうと思ったんだよ」

「後でもいいだろう」

買うと言ったのだから、と責めるような響きがある。

「それに何も閉めなくても」

千陽は後ろ手にドアまで閉めていた。ただでさえ広くないのに、試着室の中がますます狭くなった。体のどこかが触れあうしかないほどだ。

「開けたままだと困るのはあんたじゃねえの？」

千陽はサッと手を伸ばし、真人の腰に回し、自分の元に引き寄せる。

二人の顔はごく至近距離へと近づく。密着する体から互いの熱が伝わってくる。緊張しているのか恥ずかしいのか、真人の体温が高いような気がした。

千陽の手は腰からさらにその下へと降り、双丘を撫でる。

「やめるんだ」

真人がうろたえて制止を求めた。

「これ以上はしないって」

千陽が手を離すと、真人は目に見えてホッとした。

「さすがにここじゃあな。そこまで早くはないし」

何を指しているのか、真人にはすぐに通じた。目元を赤く染め、千陽を睨み付ける。

場所など気にしない。その気になればトイレでも車内でも真人を抱いた。その前科があるから、真人でも気づいたのだ。

「でも、結構スリルあんな」

千陽は耳を澄ます。デパートに流れる音楽や、他の店で客が話している声も聞こえてくる。二人との間を遮るものは、この薄いドア一枚だ。

千陽は顔を近づけていく。真人に逃げる場所などどこにもない。

互いの顔の距離が五センチを切ったとき、真人は瞳を閉じた。千陽は残りの距離を詰めた。

唇が合わさる。数時間ぶりのキスだ。ホテルをチェックアウトする前、名残を惜しむように部屋のドアの前で真人の唇を奪った。唇にはまだその感触が残っている。

舌先で唇を突くと、真人は薄く開け、千陽の舌を招き入れる。軽く唇を合わせるだけのつもりだったのに、もう条件反射になっている。

真人がすがるように千陽のシャツを摑む。本気のキスに足に力が入らなくなっているようだ。

これ以上すれば千陽も我慢できなくなる。そっと顔を離した。

頰を上気させた真人が、潤んだ瞳で見上げている。

「続きはまた後でな」

濡れた唇を拭ってやりながらそう言うと、真人は逃げるようにドアを開けた。

人の目など千陽は気にしないのに、店員が見ていれば、千陽がそれ以上しないとも思っているらしい。

店員が不自然な愛想笑いを浮かべて近づいてきた。中で何をしていたのか、さぞ想像を巡らし

ていることだろう。

真人は視線を避けるように先に靴を履き、フロアに戻ってしまった。

「このまま着て帰るから。それとこっちも」

千陽は靴を履く前に、手にしていた服を店員に渡す。結局、新しく中に持って入ったほうは、試着することができなかったが、さっきのものとサイズが同じだから問題ないだろう。真人が何でも着こなせることはさっきの試着でわかった。

「あ、ありがとうございます」

余計なことを言わないのは店員としては当然のことだ。早速と真人が着ているものからタグを外し始める。真人は店員と視線を合わせたくないからか、反論もせずにされるままになっていた。

これまでのやりとりで千陽に話を通すべきだと判断したのだろう、店員は千陽に向かって合計金額を告げた。

「それじゃ、これで」

千陽はキャッシュで支払った。カードも持っているが、住所不定になっているから、明細書などを送られても困るのだ。住んでいたマンションはそんなにすぐには解約できない。ホストの後輩に好きに使っていいと、年内いっぱいの家賃と一緒に任せてきた。何かあれば連絡をくれることになっているし、解約をするときには代わりに手続きをしてもらうことになっている。真人と違い、それくらいの付き合いはあった。

「少々お待ちください」

店員は真人が着てきた服と購入した服を持って奥に引っ込んだ。

「買いすぎじゃないのか？」

財布から出した札が見えたのか、真人が気にしたように小声で言う。

「これぐらいするだろ」

特別高いとは思わなかった。最近は安価でも質のいいものが出ているが、街中に溢れているようなものは着せたくなかったのだ。千陽が納得しているのだから問題はない。

「しかし、すぐに終わっちまったな」

千陽は物足りない気分だった。

店に入ってから十五分と経っていないのに、あっという間に買い物が終わってしまった。もっといろんな格好をさせてみたかったのだが、店員に邪魔をされた。もし女性だったならこんな気持ちにはならなかっただろうか。自分自身に問いかけてみたが、結果は同じような気がする。男女は関係ない。自分以外は嫌なのだ。

とまどっているのは真人だけではない。千陽とて他人に対して、これまでこんな感情を持ったことがなく、本能のままに動いているものの、それがどんな結果を導くのか、千陽もわかっていなかった。

「どうかしたのか？」

黙ってしまった千陽に、真人が不思議そうに問いかけてくる。

「いや、次は靴かと考えてた」

千陽は適当な嘘を吐いた。

そこへ店員が戻ってきて、二人の会話は中断される。真人の追求をかわすには絶妙のタイミングだった。

短時間にたくさんの買い物。風変わりな二人連れだが、ありがたい客であることは間違いない。ひときわ深いお辞儀をする店員に見送られ、二人は店を後にした。

「どうするんだ、こんなに」

千陽が手にぶら下げた紙袋に、真人がとまどっている。

「毎日、あんな格好してるつもりかよ」

冗談のつもりだったのに、真人は真面目な顔で頷く。

「この格好のほうが落ち着かない」

真人は自分の姿を見下ろす。

デパートに入ったときとは別人のようになっていた。年齢よりも若く見えるようになり、千陽との年の差も他人にはほとんどわからないのではないだろうか。真人はそれが落ち着かないらしい。

「すぐに慣れる」

「そんなものか？」

納得できないと真人は目を細めて尋ねる。

「環境に慣れるのと一緒だろ」

「ああ、そういうものかもしれないな」

何か思い当たることがあったのか、真人はようやく納得したように頷いた。

「だが、君にもらういわれはない。この代金はいつか返すから」

真人は若干、気恥ずかしそうに言った。年下の千陽に対して、金を借りるという行為が恥ずかしいのだ。

真人の所持金は、今後どうするつもりだったのかと呆れるほどに少なかった。別れた妻に気前よく預貯金全てを残してきたからだ。

「必要ない。俺からのプレゼントだ」

千陽は当然だと真人の申し出を断った。

「プレゼントって……」

真人が今までで一番驚いた顔を見せた。

真人は他人に優しくされることに慣れていない。それはセックスでも同じだった。

初めてのときもそうだったが、何度も抱いていながら、それまでは一方的に貪るだけだった。

だが、回数を重ねるに連れ、どうすれば真人がもっと反応を示すのかと探るようになった。真人の違う顔が見たくなったのだ。

そうして気づいた。優しく触れれば触れるほど、真人は敏感な反応を見せる。だから千陽はこれまでにないほど優しく抱こうとした。

それはまだ真人の過去を知らないときのことだ……。


「あ、……待って……」

焦ったように真人が千陽の手を止めようとした。だが、千陽はそれにはかまわず、さらに手を動かしていく。

「俺が待つと思う？」

そう言いながら、千陽は優しく真人の脇腹を撫でた。

「あ……」

真人は短い息を吐き、それに気づいていたたまれないように体を捩った。

染み一つ無い綺麗な背中が視界に飛び込んでくる。自分とは違う肌の白さが目にまぶしい。

ベッドの上でどちらも裸だ。先にそれぞれシャワーを浴びたから、バスローブをまとっただけの真人を脱がせるのは楽だった。そのバスローブは二人分、ベッドの下に落ちている。

裸で抱き合うようになったのは、今日がまだ二回目で、それまでは真人だけを脱がせていた。

自分が脱ぐ必要はないと思っていたからだ。それなのに今は重なり合う肌の感触が心地良いと感じてしまう。

千陽はゆっくりと滑らかな肌を探った。

「どうして……？」

これまでと違うやり方に、真人は不安を隠せないようだ。優しくされているのに、ひどく抱いたときよりも落ち着かない真人に、千陽は少しだけもの悲しさを覚える。

「気持ちよくない？」

せめてもと、いたわるような穏やかな声で問いかける。

柔らかいタッチで触れる指先に、真人はもどかしそうな表情を浮かべながらも腰を揺らめかしている。

「もっといつもみたいに……」

感じているのは確かなのに、真人は精一杯の抵抗をたったそれだけの言葉に込めた。

「乱暴にしてほしいって？」

素直になれない真人に、つい意地の悪いことを言ってしまう。真人はカッと顔を赤らめ、違うと首を横に振った。

「気持ちいいのが怖い？」

「そうじゃっ……」

真人が言葉を途切れさせたのは、千陽の指先が胸の尖りに触れたからだ。触れてもいないうちから芯を持って堅くなっていたそこは、愛撫をせがむように突き出していた。

千陽は頭をずらしそこに口づける。

「ふ……ぅん……」

堪えきれなかった甘い吐息が頭上に降りかかる。

最初からもっと優しく抱いてやればよかった。そう思わせるくらいに、真人の反応がぎこちなく頼りなげに感じる。

体だけでなく、心ごと感じる様を見てみたい。

その想いのまま、首筋へと唇を移動させると、真人はハッとしたように千陽を押し返そうとする。

「わかったよ。見えるところに痕はつけない」

千陽は苦笑しつつ、あっさりと身を退いた。

真人が言いなりに身を任せているのは、ゲイだと公表されることをおそれているからだ。それなのに情事の痕跡を残せば、誰に何を勘ぐられるかしれないと、真人はそれを気にしているのだろう。

千陽には真人をこれ以上追いつめるつもりはなかった。むしろ今のままでいい。ことが公になれば、真人は身を委ねなくなる。

鎖骨ならどんなに痕をつけても、人前で服を脱がない真人なら誰に見られることもない。千陽は思うままきつく吸い付いた。

「んっ……」

真人が微かに身じろぐ。

キスマークなど所有の証でしかないと思っていた。痕を残したいなど、ばかげているとしか思えなかった。

それなのに真人には無数の痕を残してしまう。

真人の腹にまで唇を落としていくと、その下の淡い茂みの中で、真人の屹立が震えているのが見えた。

千陽はそこに手を伸ばした。

「はぁ……」

指を絡ませると、甘く喘ぐ。もう真人から羞恥もとまどいもなくなっていた。快感に理性が奪われている。

体中にキスをして、軽く胸を啄《ついば》み、屹立に触れただけだ。それなのにいつも以上に感度が上がっている。この調子だと真人はすぐにも達してしまいそうだ。

真人の屹立を緩く擦りながら、千陽は真人の膝を立てさせ、その間に体を割り込ませた。足が開き、屹立の奥まであらわになる。

快感に流されている体は、抵抗どころではなくなっている。その隙にローションのボトルを手に取り、たっぷりと手のひらに垂らした。

痛みなど与えるつもりはない。快感だけを与えたかった。

濡れた指を後孔に近づける。

「んっ……」

微かに吐いた息は、これからもたらされる快感への期待なのか。そこが指を呼び込むようにひくついている。

初めて真人を抱いたとき、男に抱かれたことのある体だとすぐにわかった。だが、同時にかなり昔の話だということにも気づいた。

長いブランクは千陽によって埋められた。抱かれることを忘れていた体に、千陽が完全に思い出させた。

指をぐっと突き刺すと、真人はすんなりと呑み込んだ。二日と空けずに抱いているせいだろう。

無意識で息を吐き力を抜いた。

締めつける内壁の感触を楽しみながら、中を指で掻き回す。


「あぁ……はっ……」

どこを探っても真人の息が上がる。

千陽は蜜を零す屹立にも指を絡ませた。

「も……もうっ……」

真人は指だけで限界になり、千陽の腕にすがり訴えてくる。

「もう少し我慢しろよ。指だけでイキたくないだろ？」

千陽の言葉にもはっきりとは意味を理解できないのか、真人は潤んだ瞳で見上げるだけだ。

「一回だけにしてやるから」

千陽はなだめるように言った。

いつもは何度もイカせていた。だが、こうも日を空けずに抱いていれば、真人への負担が大きくなる。

千陽は手早く自らにコンドームを装着する。何もしていないのに完全に勃ち上がっていた。真人に触れるだけでこの有様だ。今までに関係を持った人間が見たら、さぞ驚くに違いない。抱くたびに真人にはまっていく。こんなに何度も一人の人間と関係を持ったことはなかった。だからなのか、体しか繋がっていないのに、心まで近づけたような錯覚を覚える。

真人の足を抱え直し、後孔にいきりたった屹立を押し当てた。

真人が千陽に視線を向け、その次に訪れる衝撃に備え、ゴクッと息を呑んだ。

「くっ……」

大きくて堅い凶器を押し込むと、真人がわずかに表情を歪める。

何度経験しても、この瞬間だけは圧迫感に襲われるようだ。だが、それもすぐに馴染む。

指でさえ締め付けるほど狭い真人の中は、千陽の屹立を熱く包み込んだ。気を抜けば、これだけでも達してしまいそうなほど、気持ちがいい。

時間をかけて全てを中に収めると、真人は荒い呼吸を繰り返し、体内の異物を馴染ませようとしている。

汗が真人の前髪を額に貼り付ける。千陽はそれを指で優しく払いのけた。

たったそれだけのことで、真人が千陽を締め付ける。圧迫感が薄れ、快感を得られるようになった証拠だ。

「もうよさそうだな」

千陽は呟き、腰を使い始める。

「やっ……ああ……」

すぐに真人の口から嬌声が溢れ出す。

腕の中では歓喜の涙を零す真人がいる。もう限界は近い。

再び中心へと手を伸ばした。先走りが手の動きを滑らかにし、擦りあげるたびにヒクヒクと千陽を締め付ける。

千陽とて余裕はなかった。こんなに昂ぶらせる体は真人が初めてだ。

これまでと相手と何が違うのか。いつも乞われるばかりだった。相手に不自由しなかったから、自分から求めたことはない。だが、そのせいだけとも思えなかった。

「イケよ」

千陽はひときわ深く突き上げた。

「ああっ……」

真人は千陽の手の中に弾けさせた。千陽もほとんど遅れることなく達した。

これまでに抱いたどのときよりも、真人が達するのは早かった。きっと気のせいではないはずだ。

今も放心したように腕の中にいる。

優しく抱かれることに慣れていないから、とまどいが快感を増幅させるのだ。どうすればいいかわからないから、快感の逃し方がわからないのだろう。耐えきれないほどの羞恥で煽ったときよりも真人は過敏だった。

もっと真人を知りたくて、生まれ育った街にまで足を運んだ。真人を抱いた男が誰なのか、どんなふうに抱いたのか知りたかった。優しく抱かれ慣れていない態度から、きっと合意で関係をもたされていたのではないことはわかった。

もっともっと優しくしてみたい。どんな顔を見せるのか見てみたい。

だから何度抱いても飽きることがなかった。

結局、新しい靴も購入してから、車に戻った。

「今日は名古屋に泊まるかな。いいホテルがありそうだ」

さっきの駅前の雰囲気を思い出して、千陽は同意を求めるように言った。あれだけ栄えていればホテルもたくさんあるだろう。

もう夕方近い。急ぐ旅ではないのだから、このままここでホテルを探してもよかった。

「また高いホテルに泊まろうとしてるのか？」

真人の声には責めるような響きがある。

初日は東京の一流と呼ばれるホテルに泊まった。昨日は横浜だ。そこもまた横浜駅近くにある一流ホテルだった。

「俺がいいって言ってるんだから、問題ないだろ」

スイートに泊まったわけではないし、それにまだ二日だ。年収一千万を超していた千陽にとってはたいした出費ではない。

宿泊費は千陽が支払っていた。ここまでの移動に使った高速費もガソリン代も食事も全て千陽だ。真人には財布すら開かせなかった。

「こんな無駄遣いをしていたら、すぐに貯金もなくなるだろう」

真人は納得できないだけでなく、まだ気にしている。

社長令嬢の婿だったのに、真人は倹約家だった。初日の東京のホテルで、こんなところに泊まったことがないと言ったのには驚いた。出張でもビジネスホテルにしか泊まらないし、新婚旅行にも行っていない。宿泊する機会がなかったし、また必要だとも思わなかったらしい。

「俺がホストでどれだけ稼いだか、あんたには想像できないか」

これくらいたいしたことではないのだとわからせるために、千陽はあえて自慢げに昨年の年収まで口にした。

「そんなに？」

真人は目を見開き、驚きを表現した。

こんなにはっきりとした感情表現も真人はできるようになった。それだけでも当てのない旅も悪くないと思える。

「あんただって、それくらいはあっただろ？」

一流企業の部長職にあれば、それなりの収入はあったはずだ。まさか千陽より少ないということはないだろう。

「そうだが……」

「ああ、ホストがそんなに稼げるとは思ってなかったってことか」

言いよどむ真人の態度から、驚いた理由がわかった。

これまでホストとは一切関わらない生活をしていたから、水商売だとはわかっていても、トップクラスの収入までは想像外だったのだ。

「それに、あんたと同じで生活費以外、ほとんど使ってなかったしな」

これまでにさして使いたいと思う目的がなかったから、給料は銀行に預けっぱなしにしていた。同年代のサラリーマンに比べれば、かなりの預金高になっている。

「どうして君にそんなことがわかるんだ」

幾分ムッとしたように真人が反論する。図星のくせにとつい笑ってしまう。

「仕事服しか持ってないのに、どこで何を使うって？」

指摘すると、反論の言葉が浮かばないらしく口を噤《つぐ》んだ。

「だから、ようやく使うチャンスが回ってきたってことだ」

「でも、それはこれからの君の生活のために使うべきだ」

真人はまだ退かなかった。強情なところは出会ったときから変わっていない。これは持って生まれた本質のようだ。

「まだそんなこと言ってんのか？　俺のために使うってことは、あんたのために使うってのと同じだ」

千陽は本気を言葉に込めた。絶句する真人へさらにたたみかける。

「わかった。だったら、ここで部屋を探すか？　マンションでもアパートでもいい」

「ここで？」

真人が驚いて問い返す。

「これだけ東京から離れれば充分だろ」

本当に離れたいのは東京ではない。真人の故郷は北海道だ。だから反対の西を目指した。誰も知らない場所で暮らすのもいいと、千陽は本気で思っている。だが、真人にはその思いは通じない。信じられないのだ。

それも仕方のないことだった。千陽がこれまで真人にしてきたことを考えれば、すぐに信用してもらえるとは千陽も思っていない。

「君は東京に未練はないのか？」

何度も聞かれた質問だ。そのたびに千陽は同じ答えを返すのに、そのうち答えが変わるとでも思っているのか、ことあるごとに真人は繰り返す。

東京よりも真人と一緒にいるほうがいい。そう答えてきたが、それで納得できないならと、今日は答えを変えてみた。

「未練を持つほどの街じゃなかった」

これもまた嘘偽りのない気持ちだ。生まれは東京ではないが、大学に入ったときから暮らしていた。それでも、どうしても東京でなければならないという思いは、最後まで持てなかった。

「俺と同じだな」

真人もいつもと違う答えを返してきた。そして、おかしそうに口元を緩めた。立場が全く違うのに同じ思いをしてきたことが面白いらしい。

「どっちがいい？　もう少し逃避行を続けるか、ここで落ち着くか」

千陽は真人に判断を委ねた。千陽にとってはどこでも同じだ。真人さえいれば、住む場所は海外でもいいのだ。

いつまでも当てのない旅を続けているわけにはいかない。そもそも真人は自分を誰も知らない場所に行き、新しい生活を始めるつもりでいたのだから。

「ここか……」

真人は窓の外に目をやる。車を走らせたままだから、景色が流れている。

何もかもが目新しい街だ。道路や建物など、どこの街でもそれほど大差ないはずなのに、まるで違って見えるのが不思議だった。

「もう少し……」

しばらく間があって、真人が口を開いた。視線はまだ外の景色に向けたままだ。千陽は黙ってその言葉の続きを待った。

「旅を続けたい」

真人ははっきりと自分の意志を表した。

真人にしてみれば、旅行をしたいというよりも、おそらくその間に千陽の気持ちが変わるのを待っているのだろう。どこかに居を構え、落ち着いてから千陽に去られるよりも、まだ旅の途中で別れるほうがいいと考えたのかもしれない。

「了解」

千陽は頷いて、アクセルをふかせる。

ここでホテルを取ることはやめた。行けるところまで車を走らせ、疲れたら適当なホテルに入ればいい。今日は真人の望みどおり、安いホテルでも探そう。

いつか信じてもらえればいい。

真人を他の男に触らせたくないと思った理由も、真人のためになら夜通し車を走らせることも厭わない理由も、いつかわかってくれればいい。

まだ旅は始まったばかりなのだから……。

あとがき

こんにちは、そして、はじめまして。いおかいつきと申します。

アルル様では、なぜかシリアスめのお話ばかりとなり、この『残酷な逢瀬』もまたまた暗めのお話です。暗さレベルでいうと、マックスです。あくまで私の中では、ですが、自分の限界に挑戦してみました。いかがだったでしょうか。

さて、少し中身に触れてみますと、初ホストです！　が、あまりお店での描写はありません。そこが残念といえば残念ですが、その分、ホストだからきっといろんな技を持っているはずだという勝手な思いこみにより、Hシーン増量です。やはりこれがホストを書く醍醐味のはず。とこれまた勝手に思いこんでおります。

挿絵をしていただいた佐々木久美子《ささきくみこ》様、素敵なイラストをありがとうございました。以前に他社様でお世話になったことがあり、今回で二度目ましてです。おかげでまた違ったタイプの受と攻を見られて幸せです。攻の悪い感じがたまりません。

タイトル担当でもある担当様、今回もまた素敵なタイトルをありがとうございました。逢瀬という言葉のエロチックな響きが気に入っております。今後ともよろしくお願いいたします。

そして、最後にもう一度。この本を手にしてくださった方へ、最大の感謝を込めて、ありがとうございました。

ＨＰアドレス　http://www8.plala.or.jp/ko-ex/　（商業誌、同人誌情報など掲載しております）

いおかいつき

近刊案内

アルルノベルス
3月下旬発売予定
arles NOVELS

恋におちたら

妃川　螢
Hotaru Himekawa

ILLUSTRATION
実相寺紫子
Yukariko Jissohji

大人気『恋』シリーズ待望の第三弾!!

≪はるなペットクリニック≫末弟で獣医学部一年生の皇貴は、美しく優雅なキャットカフェのオーナー・円哉に一目惚れして――!?

愛に束縛される

藤村裕香
Hiroka Fujimura

ILLUSTRATION
CJ Michalski
CJ Michalski

ずっと、可愛い人だと思っていました。

天涯孤独の翔斗は落ちたはずの会社の社長の屋敷に行儀見習いで住み込む。教育係の氷見に淫らなことまで仕込まれてしまい…?!

恋なんて知らなかった(仮)

真崎ひかる
Hikaru Masaki

ILLUSTRATION
葛井美鳥
Mitori Fujii

どうやったら感じてくれるのか
知りたくて……。

美大の学生・新は、遊び人の恋人に振られた上に弟を押しつけられる。戸惑いながらも好意を寄せてくる上総に惹かれていくが…!?

海帝《かいてい》は白薔薇に誓う

四谷シモーヌ
Simone Yotsuya

ILLUSTRATION
DUO BRAND.
DUO BRAND.

豪華クルーズで花開く運命のラブロマンス!!

婚約者に裏切られ一人超豪華クルーズに参加していた樹は、美貌の船のオーナー・黒羽と出逢う。そして初めて真実の愛を知り――!!

罪人《つみびと》は蜜に濡れて

橘かおる
Kaoru Tachibana

ILLUSTRATION
しおべり由生
Yoshiki Shioberi

清廉な嬌声は恍惚な蜜

警視庁キャリアの天城耀は白皙の美貌の持ち主。捜査に巻き込んだ少年の義兄が、暴力団武内組組長だった。償いを強要、監禁されて…。

定価：**857円**＋税

最高の屈辱によって躰で誓わされた、密約──。

陵辱に綻ぶ華

いおかいつき
Itsuki Ioka

ILLUSTRATION
笹生コーイチ
Kohichi Sasao

櫻井雅巳は厚生労働省のプリンスといわれるエリート官僚。出世を狙い不穏なカジノバーを偵察するが、薬を嗅がされ、居合わせた政治家秘書の吉敷にムリヤリ犯されてしまった。弱みを握られ痴態を晒すうち、雅巳の躰は辱められて感じる肉体に変化していく。トップを掴む為耐える中、吉敷の秘密を暴くチャンスに画策するが ──!!

定価：**857円**＋税

既刊案内

アルルノベルス
好評発売中！

絵を描く代償は、あんたの身体だ。

誘惑のまなざし

いおかいつき
Itsuki Ioka

ILLUSTRATION
実相寺紫子
Yukariko Jissohji

美大助教授の一征は、論文のために訪れた若き天才彫師・雅親の、版木に挑む厳しい表情と強い視線に魅せられる。彼の仕事場に通うようになったある日、雅親が浮世絵の贋作を取り引きしている現場を目撃してしまう。好青年から一変して冷酷な表情を浮かべる雅親に、一征は拘束され口封じのために淫らな快感を与えられて……！

定価：857円＋税

アルルノベルス 通信販売のご案内

代金引換と郵便振替のどちらかをお選びください。

代金引換　アルルノベルスホームページ上、または郵便で所定の事項をご記入のうえ、お申し込みください。

代金振込方法　商品到着時に代金合計額を現金でお支払いください。
（デビットカード、クレジットカードは取り扱っておりません）

指定業者　佐川急便

代引手数料　代引金額に応じた手数料をいただきます。

代引金額	代引手数料
1万円まで	315円
3万円まで	420円

代引金額3万円以上はお問い合わせください。何らかの理由で弊社に返送した場合でも代引手数料はいただきます。

お支払金額　本の定価合計（税込）＋発送手数料＋代引手数料
※ 発送手数料は1冊310円、2冊以上は何冊でも400円です。

［例］
1冊の場合　900円（税込）＋310円＋315円＝1,525円
2冊の場合　1,800円（税込）＋400円＋315円＝2,515円
3冊の場合　2,700円（税込）＋400円＋315円＝3,415円

発送日　お申し込みいただいてから2週間程度でお届けいたします。
1カ月以上経過しても商品が届かない場合は、お手数ですが弊社までお問い合わせください。長期にわたる品切れの場合には弊社よりその旨ご連絡をさし上げます。

郵便振替　郵便局の振込取扱票に下記の必要事項を記入して代金をお振込みください。

振替口座番号　00110-1-572771

加入者　（株）ワンツーマガジン社

通信欄　ご希望の書名・冊数を必ずご記入ください。

金額欄　本の定価合計（税込）＋発送手数料
※発送手数料は1冊310円、2冊以上は何冊でも400円です。

払込人住所氏名　お客様のご住所・ご氏名・お電話番号

◎お申し込みいただいてから1カ月程度でお届けする予定ですが、品切れの際はお待ちいただくことがございます。2カ月以上経過しても商品が届かない場合は、お手数ですが弊社までお問い合わせください。長期にわたる品切れの場合には返金させていただきます。
◎為替・切手・現金書留などでのお申し込みはお受けできません。
◎発売前の商品はお申し込みいただけません。
◎お申し込み後のキャンセル、変更などは一切お受けできません。（乱丁、落丁の場合を除きます）
◎ご不明な点は下記までお問い合わせください。

書店注文もできます

書店に注文していただくと、通信販売より早く2〜3週間でお手元に届きます（品切れの場合を除く）。送料はかかりません。ご注文時に、ご希望の本のタイトル・冊数・レーベル名（アルルノベルス）・出版社名（ワンツーマガジン社）をお伝えください。発売予定のノベルスをご希望の方は、書店でご予約いただいたほうが確実に入手できます。

〒111-0053　東京都台東区浅草橋1-13-3
（株）ワンツーマガジン社　アルルノベルス通信販売部
Tel.03-5825-1212
（平日午前10時より午後5時まで）

アルルノベルス 投稿作品応募カード

タイトル	フリガナ
作品のテーマ	
氏　名	フリガナ
ペンネーム	フリガナ
年　齢	歳　　男　・　女
住　所	フリガナ 〒　　ー 都道府県
TEL	(　　)　ー
FAX	(　　)　ー
職　業	
備　考	(同人誌歴・投稿歴・質問等)

宛先

〒111-0053　東京都台東区浅草橋1-13-3
㈱ワンツーマガジン社　ARLES NOVELS編集部

ARLES NOVELSをお買い上げいただきましてありがとうございます。
この本を読んだご意見、ご感想をお寄せ下さい。

〒111-0053
東京都台東区浅草橋1-13-3
㈱ワンツーマガジン社　ARLES NOVELS 編集部
「いおかいつき先生」係 ／「佐々木久美子先生」係

残酷な逢瀬

2007年3月10日　初版発行

◆著　者◆
いおかいつき

◆発行人◆
齋藤　泉

◆発行元◆
株式会社 ワンツーマガジン社
〒111-0053
東京都台東区浅草橋1-13-3

◆Tel◆
03-5825-1212

◆Fax◆
03-5825-1213

◆郵便振替◆
00110-1-572771

◆HP◆
http://www.arlesnovels.com(PC版)
http://www.arlesnovels.com/keitai/(モバイル版)

◆印刷所◆
中央精版印刷株式会社

乱丁本・落丁本はお取り替えいたします。

ISBN978-4-86296-006-1 C0293
Printed in JAPAN